VROUW
IN HET BLAUW

VROUW IN HET BLAUW

NOODKREET VAN EEN POLITIEAGENTE

TANIA KAMBOURI

JUST PUBLISHERS

Alle in dit boek gegeven voorbeelden berusten op ware gebeurtenissen. Ter bescherming van de privacy zijn namen, plaatsnamen en enkele andere details zo gewijzigd dat deze niet te herleiden zijn. Dit doet echter niets af aan de inhoudelijke betekenis.

Eerste druk, juni 2016
Tweede druk, juni 2016
Derde druk, juni 2016

Auteur Tania Kambouri
Oorspronkelijke titel Deutschland im Blaulicht

Met medewerking van Steffen Geier

Redactie en productie Vitataal, Feerwerd
Vertaling Erika Venis/Vitataal
Opmaak Studio Spade, Voorthuizen
Omslagontwerp Studio Buitenspel, Meppel

ISBN 97890 8975 601 5

NUR 330

WWW.JUSTPUBLISHERS.NL

INHOUD

VOORWOORD VAN GERLOF LEISTRA

Na haar zoveelste negatieve ervaring met migranten in Bochum - een grote stad in het Duitse Ruhrgebied met ruim 360 duizend inwoners - wilde politievrouw Tania Kambouri niet langer zwijgen. In het najaar van 2013 was ze met een vrouwelijke collega uitgerukt na een telefoontje naar de alarmcentrale van de politie. De beller bleek een Turkse man. Toen hij de twee politievrouwen zag aankomen, begon hij te schreeuwen en eiste een mannelijk koppel. Kambouri zei dat ze ook weg kon rijden. Dat moest ze maar doen, schreeuwde de man en hij belde opnieuw de politie. Toen Kambouri en haar collega na overleg met de leiding even later terugkeerden, begon de man opnieuw tegen hen te schreeuwen. Einde oefening.

Voor Kambouri - inmiddels tien jaar bij de politie en door de wol geverfd - was de maat vol. Diezelfde nacht schreef zij een lezersbrief naar het tijdschrift van de Duitse politie over het wangedrag van vooral mannelijke migranten. De openingszin bevat meteen de kern van haar zorg: 'Hoe ziet de toekomst er in Duitsland uit, als delinquente migranten (blijven) weigeren de regels van hun gast- of thuisland te accepteren?'

In niet mis te verstane bewoordingen schetst Kambouri - zelf in Duitsland geboren uit Griekse ouders - een onthullend en onthutsend beeld van haar dagelijkse ervaringen als politiesurveillant. Ze verliest de nuance niet uit het oog. 'Ik wil het hier hebben over de delinquente migranten, en niet over al die anderen die, net als ik, Duitsland als hun vaderland beschouwen en een positieve bijdrage leveren aan onze maatschappij'.

Op straat worden agenten dagelijks beledigd, schrijft Kambouri. Als vrouwelijke migrant heeft zij meer problemen met de meeste migranten dan haar Duitse collega's. 'Burgers met een buitenlandse afkomst zien me vaak als een van hen en dus als een verrader. Ze keuren me ofwel geen blik waardig of spreken me aan in hun eigen taal, meestal om daarmee een wit voetje te halen. Meerdere keren per dag krijg ik de vraag te horen: "Bent u Turks?" Het maakt niet uit wat mijn nationaliteit is. Als agent moet ik respectvol en correct met de burgers omgaan. Iets anders doet er niet toe.'

De lezersbrief van Kambouri sloeg in als een bom. Zij bracht iets onder woorden wat tot dat moment zeker binnen de politie niemand hardop durfde zeggen uit angst voor rechts en erger te worden versleten. Honderden collega's ondersteunden haar noodkreet. In de Duitse media ontstond een discussie die nog altijd niet is verstomd. Na de 'gebeurtenissen' met Oud en Nieuw rond het hoofdstation van Keulen – massale aanranding en verkrachting door allochtonen – is die discussie alleen maar urgenter geworden.

De vele reacties waren voor Kambouri aanleiding haar ervaringen en opvattingen uit te werken in een boek: *Vrouw in het blauw. De noodkreet van een politieagente.* In heldere taal stelt ze misstanden aan de kaak en doet suggesties voor oplossingen. 'Ik wil de daders en schuldigen benoemen, zodat er niet meer slachtoffers vallen. Dat is misschien eerst wat onaangenaam, voor meerdere betrokkenen. Maar ik ben ervan overtuigd dat het zal lonen, voor iedereen. Hoe langer we wachten, hoe langer we zwijgen, hoe meer schade hersteld moet worden.'

Vrouw in het blauw getuigt van lef, inzicht en daadkracht. In één klap stelt Kambouri de discussie op scherp. Haar noodkreet valt domweg niet te negeren. Ze is een geloofwaardige boodschapper. Als vrouw, als agent en als Grieks migrantenkind vertegenwoordigt ze drie verschillende invalshoeken. Omdat ze daardoor inzichten heeft die anderen niet hebben, beschouwt ze het haast als haar plicht het onderwerp ter sprake te brengen.

Kambouri is een politievrouw in hart en nieren die bij storm niet opgeeft, maar de noodklok luidt in een heldhaftige poging de problemen bij de wortel aan te pakken. Haar portret op de cover spreekt boekdelen: in politiepak straalt Kambouri (1983) autoriteit uit. Haar armen zelfverzekerd voor de borst gevouwen. Haar scherpe blik ontgaat niets. Een moderne jonge vrouw die haar mannetje staat. Hulpvaardig en daadkrachtig.

In haar ogen dient de politie als seismograaf. 'Wij zien vaak als eersten dingen die het grote publiek nog niet ziet. Ik wil daarom mijn ervaringen delen, juist op het gebied van integratie.' Ze wil niet langer om de hete brij heen draaien, schrijft Kambouri. 'We hebben de grootste problemen met migranten uit landen met een moslimcultuur, en dan vooral met de jongemannen.' Zo, die zit. Het knappe van Kambouri is dat ze haar stelling overtuigend onderbouwt. Alsof ze naast vakvrouw ook socioloog en politicus is.

Duitsland telt tussen de 3,8 en 4,3 miljoen moslims, van wie ongeveer de helft Duits staatsburger is. Een op de twee is jonger dan 25 jaar. Die demografische opbouw verklaart de oververtegenwoordiging van moslims onder verdachten: jongeren plegen nu eenmaal meer misdaden dan ouderen. Neem geweld: het aantal ernstige delicten met zwaar lichamelijk letsel is tussen 2003 en 2012 met 24 procent gestegen. Van de verdachten is de helft jonger dan 21. De 'ranglijsten' worden gedomineerd door mannen van Turks-Arabische afkomst, de grootste groep onder de migranten in Duitsland.

Het probleem is nog complexer dan de oververtegenwoordiging in de misdaadstatistieken. Kambouri signaleert een parallelle samenleving van overwegend migranten uit islamitische culturen. 'Er wordt openlijk een soort tegenmaatschappij gepredikt, en geleefd.' In die schaduwmaatschappij speelt familie-eer een dominante rol. Vaders waken over de eer van hun dochters en dulden geen tegenspraak. De positie van de vrouw is voor veel moslims ondergeschikt aan die van de man.

Veel moslims komen amper buiten hun eigen kring en beschouwen de politie als de vijand zodra die hen niet tegemoetkomt. Ze hebben hun eigen rechtspraak. Zaken worden buiten de Duitse rechtbanken om geregeld via de zogeheten 'vrederechter'. Die bemiddelt tussen partijen op basis van de *sharia,* het islamitische recht. Ook op dat gebied valt de parallelle samenleving niet te ontkennen. Negen van de tien misdrijven binnen het moslimmilieu zouden verborgen blijven voor de autoriteiten. 'Zelfs als dat aantal fors overdreven is, mag duidelijk zijn dat de meeste conflicten onder onze radar blijven. Het is misschien niet zo dat er gebieden ontstaan waar geen recht wordt gesproken, het is alleen niet ons recht!'

De gevolgen van die eigen rechtspraak zijn verstrekkend. Als het toch tot een proces komt, hebben getuigen vaak ineens gaten in hun geheugen. 'Opvallend genoeg vallen die gaten meestal pas als vrederechters buiten de rechtbank om een regeling hebben getroffen.' Dat (jonge) vrouwen in die wereld 'vanzelfsprekend' het onderspit delven, behoeft geen betoog.

Kambouri vindt dat de Duitse samenleving zich met alle middelen moet verzetten tegen de *sharia*. 'We kunnen niet over ons heen laten lopen en deze vorm van parallelle justitie goedkeuren.' De Duitse rechtsstaat, zo schrijft ze, kan niet buitenspel worden gezet door weigering van getuigenissen en leugens. De staat moet niet terugschrikken voor harde maatregelen. 'Als het bijvoorbeeld zou lukken ook eens een vrederechter te veroordelen doordat we kunnen aantonen dat hij betrokken is bij het verdoezelen van strafbare feiten, dan zouden we daarmee een duidelijk signaal kunnen afgeven.'

Het is een van de vele rake observaties van Kambouri die tot nadenken dwingen. Ze staat voor wat ze vindt en draagt die visie met overtuiging uit. Soms lijkt de politicus in Kambouri het werk van de agente met andere middelen voort te zetten.

Aanleiding voor de lezersbrief – en vervolgens haar boek – was het incident met de opgefokte en discriminerende Turkse beller. Op straat in Bochum – en in alle grotere Duitse steden – rijgen de incidenten zich aaneen als een kralenketting. Agenten worden bespuugd en uitgescholden. Het respect voor vrouwelijke agenten is vaak nihil. Een Turkse automobilist die bij een alcoholcontrole door Kambouri wordt staande gehouden, weigert medewerking: zij moet hem niet in de ogen kijken! Dankzij tactvol optreden van Kambouri en haar collega's loopt de zaak niet uit de hand. Het bizarre is dat de man geen druppel heeft gedronken en hij het zich met zijn obstinate gedrag onnodig moeilijk maakte.

Soms is de politie domweg in de minderheid als er opgetreden moet worden. Met name Libanese clans – van oorsprong Koerden uit het grensgebied van Turkije en Syrië die verdreven werden naar Libanon – maken in Bochum en elders de dienst uit. Bij elk incident drommen ze samen en maken de politie en andere hulpverleners het werken onmogelijk. 'De clans oefenen midden in Duitsland het recht van de sterkste uit.' Onaanvaardbaar, vindt Kambouri. De politie moet versterkt worden en bovendien voorzien van betere middelen.

Lastige situaties op straat vergen het uiterste van Kambouri en haar collega's. Soms moeten ze even slikken en zich inhouden. Tijdens een nachtdienst hield Kambouri een keer een personenauto staande met daarin vier 'volledig vermomde vrouwen' in zwarte *nikabs*. Ze luisterden naar een cd in hun eigen taal. 'Het klonk als een voorganger of een leraar. Het was een bizarre situatie, een beetje bevreemdend zelfs. Achter de autoruiten bevond zich een soort oosterse capsule, die helemaal los leek te staan van de omgeving.'

Kambouri vraagt de bestuurster – aangenomen dat het inderdaad een vrouw was – om haar rijbewijs. Maar vanwege de *nikab* kon ze niet zien of de vrouw op de foto de bestuurster was. Omdat ze de zaak niet op de spits wilde drijven, liet Kambouri de auto doorrijden. 'Als *nikabs* gemeengoed worden, zullen we daar anders mee om moeten gaan en gaan eisen dat vrouwen hun sluier afleggen. Anders kunnen we niemand meer controleren.'

Mooi beeld: een oosterse capsule. Bijna een metafoor voor de positie van veel moslims in de Duitse samenleving. Een wereld op zich. Gevolg van een moeizame, om niet te zeggen mislukte, integratie. Kambouri legt de vinger op de zere plek.

Overigens zorgen niet alleen criminele moslims voor problemen, maar ook Oost-Europeanen en Roma. Delinquenten uit de moslimcultuur komen vooral in aanraking met de politie vanwege overvallen en geweldsdelicten. Oost-Europeanen vallen volgens Kambouri op door inbraken, babbeltrucs en bedrog. Opnieuw: ze weet waar ze over praat en kan haar stelling onderbouwen met harde cijfers.

In het geval van delinquente Roma pleit Kambouri voor een strikte handhaving van de leerplicht. Als ouders zelfs na dreiging met of het opleggen van sancties niet willen meewerken, moet worden overwogen de kinderen bij de ouders weg te halen. 'Culturele tradities mogen geen dekmantel worden voor crimineel gedrag.' Kambouri kiest partij voor de underdog, in dit geval de kinderen.

Het knappe van haar betoog is dat ze verder gaat dan het louter signaleren van misstanden. Ze heeft haar ogen niet in haar zak zitten en toont de lezer de harde werkelijkheid. Dat is op zich al een verdienste. Maar daarnaast duidt ze de problemen en zoekt naar oplossingen. Zo vindt Kambouri dat 'mensenrechten' een apart schoolvak zou moeten zijn.

'Vooral voor meisjes uit moslimgezinnen is het nuttig als ze op school bijvoorbeeld voorlichting krijgen over hun rechten, en dan vooral over de gelijke rechten van man en vrouw en de vrijheid van geloof.' Prima suggestie.

Ouders moeten ter verantwoording worden geroepen als er sprake is van integratieproblemen of algemene maatschappelijke problemen. Door onderwijs op scholen die de hele dag opvang bieden, kunnen jongeren van de straat worden gehouden. Ze benadrukt het belang van taal. Door de nieuwe taal goed te leren, vergroten jongeren hun kansen op de arbeidsmarkt. Ze pleit voor een uitbreiding van de leerplicht. 'Niet elke schoolverlater wordt automatisch een crimineel, maar vrijwel elke crimineel (en vooral bijna alle recidivisten) is of was een schoolverlater. Het verband kan niet worden ontkend.'

Zachte heelmeesters maken stinkende wonden. Mochten opvoeden en onderwijs niet helpen, dan rest de harde lijn. 'Wie zijn tweede (of derde) kans niet benut, moet de pijnlijke consequenties ervaren, anders is het een verloren zaak.'

Tot slot pleit Kambouri voor eerlijke en consequente rechtspraak. Juist bij jongere verdachten moet de procesgang sneller. Daartoe moet de rechterlijke macht net als de politie fors worden uitgebreid. Natuurlijk kost dat geld, beseft Kambouri, maar die investering loont. 'Wat is een beter functionerende maatschappij, waarin alle inwoners zich veilig voelen, ons werkelijk waard?'

De druppel die voor haar de emmer deed overlopen, is niet voor niets geweest. Met haar boek heeft Kambouri de Duitse samenleving en de migranten een enorme dienst bewezen.

Door de feiten te benoemen kan niemand straks nog zeggen dat hij of zij het niet geweten heeft.

Is de door Kambouri zo treffend geschetste Duitse situatie ons voorland? Of is het een ver-van-ons-bedshow? Wie zijn ogen niet sluit voor de werkelijkheid, weet: de overeenkomsten zijn er. Ook in Nederland zijn allochtone – met name Marokkaanse – jongeren oververtegenwoordigd in de statistieken. Op de voet gevolgd door Antilliaanse, Surinaamse en Turkse jongeren. En ook (kinderen van) asielzoekers melden zich aan het criminele front. De politie opereert in die frontlinie en ziet vaak als eerste de veranderingen.

Net als in Duitsland is ook in Nederlandse steden sprake van etnische segregatie, met bijbehorende problemen. Denk aan de Schilderswijk in Den Haag, aan Amsterdam-West, hele wijken in Rotterdam-Zuid, Kanaleneiland in Utrecht. De problemen doen zich niet alleen voor in de Randstad, maar ook in de provincie. Zoals in de wijk Veldhuizen in Ede, waar Marokkaanse jongeren hun omgeving terroriseren. Alle incidenten vormen samen een patroon dat duidt op haperende integratie.

Ook wij kennen mobiel banditisme door rondtrekkende Oost-Europese bendes, Roemeense zakkenrollers, Bulgaarse inbrekers en ga zo maar door. Ook bij ons dient de politie als seismograaf, als parkiet in de kolenmijn die als eerste merkt dat er geen zuurstof meer is.

Wijkagenten dringen zoals dat heet door tot in de haarvaten van de samenleving. Maar zien zij alles of dekken zij misstanden toe met de mantel der liefde? Ik zie bij ons niet snel iemand als Tania Kambouri opstaan. Vraag is bovendien of een Nederlandse agente die vergelijkbare waarnemingen doet toestemming zou krijgen om haar hart op dezelfde wijze te luchten als Kambouri. Ik weet bijna zeker van niet. Wat dat betreft kunnen de politiechefs leren van hun collega's in Duitsland. Kambouri werd gesteund door haar bazen en niet de mond gesnoerd.

Het boek van Kambouri is het overtuigende bewijs dat het loont om de vinger op de zere plek te leggen. Juist wegkijken is op termijn schadelijker. Het wachten, kortom, is op een Nederlandse Tania Kambouri: een gedreven politievrouw die scherp observeert en de feiten durft te benoemen. Die haar nek uitsteekt en probeert oplossingen te vinden voor de problemen waar ze dagelijks mee geconfronteerd wordt. Een vrouw met lef en visie.

Er is hoop. Een politieanaliste van de eenheid Den Haag tipte mij over het boek van Kambouri. 'Dat moet je lezen!' Sterker nog: ze stuurde mij een exemplaar. Ik las het en was net als zij onder de indruk. Dit moet ook in ons land iedereen lezen, vond ik.

Vrouw in het blauw zet de Nederlandse lezer aan het denken: hoe is de situatie in onze steden? Veel agenten maken op straat dagelijks mee wat Kambouri beschrijft. Houden ze hun mond en kijken ze de andere kant uit of proberen ze net als Kambouri het tij te keren?

Wie zijn ogen gebruikt, ziet de overeenkomsten met Duitsland. Nu nog een politievrouw die het lef en het overzicht heeft om zo'n boek te schrijven en het liefst één met allochtone roots. Kambouri verdient navolging.

Petje af!

– Gerlof Leistra

VOORWOORD

De centrale had mij en mijn collega naar Bochum-Hamme gestuurd. Als kind kwam ik vaak in deze buurt, ik had daar vriendinnetjes wonen, maar tegenwoordig ga ik er alleen nog heen als het echt niet anders kan. De oude, bestaande winkeltjes sloten een voor een hun deuren, de wijk gleed in de loop van de jaren steeds verder af en iedereen die kon, verhuisde naar betere wijken of trok helemaal weg uit de stad. Het is geen erg uitnodigend stukje Bochum. Ook toen ik nog jong was, woonden hier al veel buitenlanders, vooral Turken. Natuurlijk waren er wel eens vechtpartijtjes tussen groepjes kinderen, en ik ben zelfs een keer door een bende Turkse kinderen van mijn fiets getrokken, maar dat was een uitzondering. Maar daar dacht ik niet aan toen we ernaartoe werden gestuurd; die herinneringen schieten me nu pas te binnen, bij het schrijven. Als ik tegenwoordig naar die wijk ga, is dat voor grotere problemen.

Een man had het alarmnummer gebeld. Hij had een aantal personen herkend op een balkon, maar het was niet helemaal duidelijk wat ze nou precies hadden gedaan of waar de beller hen van beschuldigde. Eerlijk gezegd konden we er ook niet achter komen hoe en waarmee we de man hadden moeten helpen. Hij stond al op ons te wachten toen we het straatje inreden en aan de overkant stilhielden. Zodra hij ons zag, begon hij te zwaaien en riep luid: 'Waarom parkeren jullie daar? Ik sta hier. Kom hierheen.'

De man was duidelijk opgewonden en mijn collega en ik hadden al gauw in de gaten dat de man niet boos was omdat hem iets ergs was overkomen, maar omdat de politie het lef had gehad twee vrouwen naar hem toe te sturen. Hij bleek een Turkse medeburger te zijn.

Ik zei dat hij wel wat beleefder mocht zijn tegen agenten, als hij onze hulp wilde hebben. Hij antwoordde: 'Ga weg, ik heb jullie hulp niet nodig!'

In zulke situaties is het altijd moeilijk in te schatten in hoeverre we het evenredigheidsprincipe moeten handhaven bij het uitvoeren van ons werk, maar in dit geval was daar geen twijfel over mogelijk. De man wilde niet zeggen waarom hij de politie had gebeld, hij reageerde niet op onze vragen, dus reden we weg. We bleven echter in de buurt voor het geval hij zich bedacht en de kwestie toch dringender was dan zijn irritatie over twee vrouwen in uniform. Ik had het voorval nog maar nauwelijks gemeld bij de centrale of de man belde opnieuw en eiste dat er mannelijke agenten werden gestuurd. Die zouden hun werk beter doen.

De centrale overlegde met ons en we waren het erover eens dat mijn collega en ik weer naar hem toe zouden gaan. We waren het er ook over eens dat we weer zouden vertrekken als hij opnieuw zou weigeren zich door vrouwen te laten helpen. De politie draait geen verzoeknummers. Als iemand daar anders over denkt, hoort ook voorlichting tot onze taken. Weer ter plaatse vroeg ik dus rustig of we nu verstandig met elkaar konden praten. Maar de man begon te schreeuwen wat we moesten en dat hij om mannen had gevraagd.

We aarzelden geen moment en reden weg. Einde verhaal.

Ik besef heel goed dat zo'n tafereel heel raar kan overkomen op een buitenstaander die niets weet van de dagelijkse praktijk van een agent en de voorgeschiedenis niet kent. Een arme, hulpzoekende Turkse medeburger en de harteloze, misschien zelfs wel racistische Duitse politie. Maar eigenlijk zijn dit soort situaties voor ons veel frustrerender dan voor de 'hulpzoekende', wiens archaïsche wereldbeeld alleen maar opnieuw wordt bevestigd. Het is een situatie die voor mij steeds normaler wordt, terwijl het eigenlijk allesbehalve normaal is. Er worden meerdere grenzen overschreden: geen respect voor vrouwen, geen respect voor de politie, geen respect voor het land waarin we leven. Een paar jaar geleden waren het nog uitzonderingen, die tot irritatie en hoofdschudden leidden bij mij en mijn collega's; tegenwoordig nemen we ze voor kennisgeving aan. Het is een droevige situatie, niet alleen in Bochum.

De beschreven situatie is bij lange na niet het ergste wat ons kan overkomen, maar gewoon gemiddeld. Ik heb dit voorval met opzet genoemd, want het gaat me hier niet om de spectaculairste politiezaken uit mijn carrière, maar om wat ik dagelijks in mijn werk (en privé) meemaak en zie gebeuren, wat ik móét meemaken en zien gebeuren. Een waarschuwing: het is geen fraai verhaal. Het is in het beste geval verontrustend, maar deels ook beangstigend. En ik ben bang dat de situatie er niet beter op wordt. Niet vanzelf althans.

Dit boek heeft niet voor niets als ondertitel *Noodkreet van een politieagente* gekregen: het toenemende gebrek aan respect en de groeiende agressiviteit in onze steden zijn meer dan opvallend te noemen. Daarbij valt niet aan de conclusie te ontkomen dat onder de personen met een migratieachtergrond[1] die strafbare feiten[2] plegen vooral de jongemannen uit islamitische landen opvallen. Daarmee wil ik niemand over één kam scheren en al helemaal geen racistische vooroordelen op grond van afkomst of geloof uiten, maar het is gewoon een feit dat sommige bevolkingsgroepen bij bepaalde vormen van gedrag en bepaalde strafdaden opvallend oververtegenwoordigd zijn. In dit boek zal het daarom vaak gaan over mensen met wortels in Turkije of het Midden-Oosten, voornamelijk met een moslimachtergrond. Ook Oost-Europeanen, Sinti en Roma zullen aan de orde komen. Natuurlijk begaan ook mensen zonder migratieachtergrond strafbare feiten. De belangrijkste vraag bij alle overtredingen is echter hoe de overtreding heeft kunnen ontstaan en hoe deze voorkomen kan worden. Als de migratieachtergrond bij de beantwoording van die vragen een rol speelt, moet dat worden benoemd. Ik vind zelfs dat je het dan niet mag verzwijgen of bagatelliseren.

Agressiviteit en gebrek aan respect nemen niet alleen toe, ik durf zelfs te stellen dat het ouderwetse recht van de sterkste steeds meer realiteit wordt in onze straten. Er zijn plekken in Bochum waar wij als agenten, mits de capaciteit dat toelaat, liever niet meer met één auto naartoe gaan, zeker niet op bepaalde tijdstippen. Vaak wordt het voor ons gevaarlijk omdat we met te weinig voertuigen komen. Veel van mijn collega's hebben meegemaakt dat hun banden lek werden gestoken of erger, tot aan vuurwapengeweld toe.

Wat voor Bochum geldt, geldt natuurlijk ook voor veel

1 Een migratieachtergrond wil zeggen: iemand uit een bevolkingsgroep of een individu die na 1949 naar de Bondsrepubliek is geëmigreerd, of de nakomelingen van zo'n migrant; dus ook de tweede, derde of latere generaties.
2 Hiermee worden niet alleen mensen bedoeld die strafbaar zijn in de zin van de wet, want anders zouden minderjarige kinderen, die niet voor strafvervolging in aanmerking komen, niet worden meegerekend. Er worden dus alle personen bedoeld die in overtreding zijn of zich op andere wijze strafrechtelijk opvallend gedragen.

andere Duitse steden. Dat wordt bevestigd door verhalen van collega's. Omdat nog altijd veel mensen wegtrekken van het platteland en de steden alsmaar groeien, wordt nu al duidelijk waar straks de zwakke plekken zitten. Dat zal niet op het gebied van energie, infrastructuur of mobiliteit zijn, maar vooral rondom het onderwerp migratie.

Ik wil daarom wijzen op misstanden die mij als agent, maar ook als normale burger, de laatste jaren steeds meer opvallen, die me storen en me verontrusten. Daarbij zal ik de vinger op een aantal zwakke plekken moeten leggen, in het besef dat juist dit onderwerp heel precair is. Veel van mijn collega's zeggen dat ze het gedrag van mensen met een migratieachtergrond vaak niet openlijk durven bekritiseren omdat ze dan beschuldigd worden van vreemdelingenhaat of islamofobie. Juist in Duitsland is dat een probleem. En dus zwijgen ze liever. Maar zoals gezegd wil ik niet provoceren, en al helemaal niemand tegen de haren in strijken of afzonderlijke bevolkingsgroepen over één kam scheren. Ik ben geboren en getogen in Duitsland, maar ook Griekse; ik heb een dubbele nationaliteit. Van vreemdelingenhaat en racisme moet ik niets hebben. Dat is een van de ergste dingen die ik me kan voorstellen, en ik weet waarover ik spreek, want ik heb het zelf ervaren, van verschillende kanten.

Ik vind het een belangrijk onderwerp, en het gaat me niet om mezelf, maar om de algemene zaak. Omdat ik als vrouw, als agent en als Grieks migrantenkind drie invalshoeken vertegenwoordig, en daardoor inzichten heb die andere mensen niet hebben, beschouw ik het haast als mijn plicht het onderwerp ter sprake te brengen. Vooral omdat ik heb gemerkt dat veel mensen geen idee hebben van wat er in hun omgeving gebeurt. Als agent maak ik voortdurend onvoorstelbare dingen mee. Juist bij problematische ontwikkelingen kan de politie, die veel ervaring heeft met probleemgebieden, als een soort seismograaf dienen. Wij zien vaak als eersten dingen die het grote publiek nog niet ziet. Ik wil daarom mijn ervaringen delen, juist op het gebied van integratie.

Sommige dingen kan de burgerbevolking niet zien, andere dingen wil ze niet zien. Omdat dit wegkijken een deel is van het probleem, zal ik niet alleen de migranten bespreken, maar ook de politiek, de rechterlijke macht, de politie en de maatschappij. Geen mens kan er nog de ogen voor sluiten: niemand kan nog zeggen dat het 'hun' probleem niet is, ongeacht wie die 'hun' ook zijn.

Inmiddels zijn het niet langer losse incidenten die mij en mijn collega's verontrusten. Dan zou de schuldvraag ook vrij snel te beantwoorden zijn. Nee, er is een bredere, fundamentelere ontwikkeling gaande, die de hele maatschappij beïnvloedt. Ik overdrijf niet als ik stel dat er zich een hele schaduwmaatschappij heeft ontwikkeld, met eigen structuren, die nauwelijks meer terug te draaien is. Wij hebben als maatschappij, als politie, als rechterlijke macht en ook als politiek te lang passief toegekeken, zodat ons nu niets anders rest dan passief toekijken, tenzij we snel en consequent optreden. Het aan het begin genoemde voorbeeld is slechts een van vele. Het is treurig maar waar: soms staan we zelfs als agent met de rug tegen de muur. Ook hierover zal ik open en eerlijk zijn.

Twee ontwikkelingen van de afgelopen jaren springen eruit: ten eerste is er het feit dat onze cliënten steeds jonger worden. Het probleem verdwijnt dus niet; integendeel, het wordt groter en neemt vaste vormen aan. Ten tweede is het zo dat de problemen niet alleen in aantal toenemen, maar ook in ernst. Het aan het begin van dit hoofdstuk genoemde voorval was nog een onschuldig geval van gebrek aan respect, maar veel spanningen komen veel heviger tot ontlading, vooral onder delinquenten uit moslimkringen. De situatie kan elk moment uit de hand lopen, door de kleinste aanleiding en vaak volledig onvoorspelbaar.

Natuurlijk hoort dat bij het vak, maar de problemen zijn de afgelopen jaren zo enorm groot geworden dat het tijd wordt er iets aan te doen. Het wordt zelfs de hoogste tijd voor fundamentele veranderingen. Als we dat niet doen, als we ons laten verblinden door sociale romantici en culturele relativisten of de problemen maar halfslachtig aanpakken, zal onze maatschappij worden verscheurd. Dat is geen kwestie van polemiek of populisme; de spanningen tussen migranten, vluchtelingen en autochtonen zijn een wereldwijd probleem, zeker als er ook nog sprake is van religieuze wereldbeschouwingen.

Het is een wereldwijd probleem, dat natuurlijk ook hier voorkomt, want tenslotte is Duitsland al jaren een migratieland. Ik zie de enorme reikwijdte van het probleem (niet in de laatste plaats door mijn eigen achtergrond), maar als doodgewone agent en inwoner van Duitsland maak ik me natuurlijk vooral zorgen over wat er direct voor mijn deur gebeurt. Daarom richt dit boek zich tot iedereen in dit land: Duitsers en migranten, politici en politieagenten, rechters en onderwijzers, ouders en kinderen, journalisten en mensen van de media, werknemers en werklozen, gelovigen en atheïsten, kortom: de hele maatschappij en de maatschappij als geheel. Het heeft geen zin telkens een andere groep de zwartepiet toe te spelen ('het is de schuld van de migranten', 'het is de schuld van de politie', 'het is de schuld van de politiek').

Natuurlijk wordt mijn beeld bepaald door mijn ervaringen als agent, vooral sinds ik als surveillant in het Ruhrgebied werk. Wat ik daar dagelijks aan onbeschoftheden, beledigingen en crimineel gedrag meemaak, naar ambtenaren in uniform, naar vrouwen en in het algemeen, heeft een omvang aangenomen die ik niet langer kan en wil accepteren.

Het gaat hierbij om een algemeen gebrek aan respect dat in mijn ogen steeds verder groeit. Het heeft bovendien gevolgen voor de hele maatschappij. In tweede instantie draait het daarom om minachting voor de grondwet en mensenrechten, om in elk opzicht autarkische parallelle structuren, om ontbrekende wil tot integratie, maar ook om wegkijken, verdringen, negeren en machteloosheid. Ik wil dat we daar iets tegen doen, omdat het anders alleen maar erger wordt. Het is niet mijn bedoeling alleen maar te klagen en mijn vuist te ballen. Integendeel, ik wil een probleem benoemen dat veel mensen angst aanjaagt, ik wil oorzaken aanwijzen en bijdragen aan een gemeenschappelijke oplossing die iedereen ten goede komt.

Precies daarom heb ik al eens mijn hart gelucht in een ingezonden brief aan het tijdschrift van de Duitse politiebond. Dat was in oktober 2013, de brief verscheen in het novembernummer (integraal afgedrukt in de appendix), dus ongeveer twee jaar voor het verschijnen van dit boek in Duitsland. De feedback was enorm: mijn brievenbus stroomde letterlijk vol, de reacties van mijn collega's, van de Noordzeekust tot aan de Alpen, waren voor 99 procent positief, de opluchting was tastbaar: eindelijk sprak iemand klare taal. Want veel collega's durven geen standpunt in te nemen over het onderwerp 'delinquente personen met een migratieachtergrond' of er überhaupt iets over te zeggen, uit angst dat ze voor rechts worden versleten en als racist worden bestempeld. Politieke correctheid is hierbij een soort keten geworden – niet alleen voor agenten, al is de keten voor hen wel extra zwaar.

Mijn collega's vonden het een hele opluchting dat ik, als Griekse, de vinger op de zere plek kon leggen, zonder dat ik ervan beschuldigd kon worden vreemdelingenhaat te willen verspreiden. Want het onderwerp 'delinquenten met een migratieachtergrond' is niet alleen bij de politie, maar in de hele maatschappij, in de politiek en de media een groot kruitvat, ook al voor de opkomst van Pegida of de aanslagen in Parijs en Kopenhagen.

Het gaat me daarbij niet om tragische, extreme gevallen zoals de dubbele moord die door Afghanen werd gepleegd op de stoep van de rechtbank in Frankfurt, de gepensioneerde in München die halfdood werd geslagen omdat hij twee jongemannen (een Griek en een Turk) had gewezen op het rookverbod in de metro, of de dood van Tuğçe op het parkeerterrein van de McDonald's in Offenbach – zaken die allemaal veel media-aandacht kregen. Het gaat me ook niet om de dreiging van aanslagen door extremisten, of dat nou islamieten, linksradicalen of rechtsradialen zijn. Mij gaat het om de talloze grote en kleine misdaden, waar de meesten van ons van wegkijken omdat we er niets mee te maken willen hebben. Want dat vormt de doodsteek voor ons laatste restje gemeenschapsgevoel; veel meer dan de naar verhouding veel zeldzamere geweldsexcessen. Die leiden tenminste nog tot een kortstondige opleving van burgermoed, solidariteit en naastenliefde. Dat is niet cynisch bedoeld: ieder slachtoffer vormt een veel te hoge prijs voor die veel te korte momenten van bezinning. Daarna gaat alles weer verder als vanouds.

Vanwege mijn ingezonden brief nodigde de politievakbond me uit voor een podiumdiscussie in Dortmund. Begin april 2014 mocht ik daar, in het gezelschap van onder anderen mijn hoogste bazen, Ralf Jäger, de minister voor Binnenlandse Zaken van Noordrijn-Westfalen, Norbert Wesseler, de hoofdcommissaris van de politie van Düsseldorf, en Arnold Plickert, de bondsvoorzitter en plaatsvervangend voorzitter van de politievakbond (GdP), mijn kritiek spuien en vertellen over mijn ervaringen met het onderwerp 'geweld tegen de politie'. Ik kreeg nu ook aanzienlijk meer aandacht van de media dan bij het verschijnen van mijn brief nauwelijks een halfjaar eerder. Bijna alle landelijke en diverse regionale kranten schreven over mijn brandbrief en ik werd ook genoemd op televisie. Er was genoeg publieke belangstelling. Met koppen als 'Noodkreet van een politieagente', 'Broeder of verrader' of 'We verliezen macht en respect' werd verslag gedaan over mijn brief en de 450 collega's die tijdens de podiumdiscussie luid voor me hadden geapplaudisseerd. Minister Jäger zegde zijn steun toe en zei dat hij de door mij geschetste situaties betreurde: 'Ik heb alle begrip.' Ook nu weer kreeg ik dezelfde reacties als bij het verschijnen van mijn brief en meerdere collega's feliciteerden me met mijn optreden: 'Eindelijk durft iemand het hardop te zeggen.'

Zoveel kan ik er dus niet naast hebben gezeten met mijn

'noodkreet'. Ook bij mijn meerderen, van de hoofdinspecteur tot de inspecteur tot de commissaris van de politie van Bochum, was er steun voor mijn bezorgdheid. Dat was niet vanzelfsprekend, want ik had van tevoren met niemand gesproken over mijn brief. Door alle ophef die ik veroorzaakt had, hoopte ik dat ik een verandering ten goede in gang had gezet.

Hoewel ik best begrijp dat dingen niet van de ene op de andere dag kunnen veranderen, moet ik echter constateren dat er tot op de dag van vandaag niets is gebeurd. Helemaal niets. Veel geblaat, weinig wol! Maar zo snel geef ik het niet op. Ik zal me niet met een 'niets aan te doen-kluitje' in het berustende riet laten sturen. In plaats daarvan wil ik met dit boek opnieuw proberen iets in gang te zetten en ik ben dankbaar dat mijn uitgever me daartoe de kans heeft geboden. De talloze positieve reacties van mijn collega's hebben me daarbij gesterkt. Helaas kan ik me niet aan de indruk onttrekken dat veel agenten de handdoek in de ring willen gooien, omdat ze murw zijn geworden door de strijd om (meer) respect. Ik vind dat we ons niet meer alles moeten laten aanleunen; niet alleen als agenten, maar ook als maatschappij. Want dat zou een fataal signaal inhouden voor alle bewoners van ons land.

Ik durf te wedden dat u meteen een paar lege hokjes paraat had toen u de eerste zinnen van dit voorwoord las: vrouw, migratieachtergrond, politie... natuurlijk, dat doen we allemaal. We proberen allemaal houvast te vinden in de stortvloed aan informatie die voortdurend over ons wordt uitgestort en onze hersenen zoeken, zonder dat we dat actief beïnvloeden, naar vergelijkbare herinneringen, belevenissen, beelden. We delen mensen, uitspraken, gebeurtenissen automatisch in. Juist als politieagent, die dagelijks snel moet kunnen beslissen, weet ik dat maar al te goed. Daarom weet ik ook dat u al wat hokjes had gevuld voor u het voorwoord had gelezen: de foto op de omslag, de titel, de ondertitel, mijn naam, het onderwerp...

Maar hoe natuurlijk en nuttig hokjes en automatismen ook kunnen zijn (juist als het lastig wordt, als er 'gevaar dreigt'), zo gevaarlijk kunnen clichés, vooroordelen, ongefundeerde meningen zijn, omdat ze voorkomen dat mensen nadenken wanneer dat nodig is. Ik weet dat ik met mijn uitspraken als 'delinquenten met een migratieachtergrond vormen een groot probleem in Duitsland' een netelig onderwerp aansnijdt.

Onder meer dankzij de kwestie-Sarrazin over zoiets onzinnigs als de zogenaamde erfelijkheid van intelligentie is duidelijk hoe snel dit soort dingen uit de hand kunnen lopen. Ik heb daarom lang nagedacht of ik werkelijk weer voor het voetlicht wilde treden, terwijl ik toch geen moment twijfel aan de juistheid van mijn observaties en eisen. Als sommige migranten al niet tegen een vrouw in uniform kunnen, hoe reageren ze dan als die vrouw ook nog eens haar kritische mening geeft in een boek? Om nog maar te zwijgen van de aanhangers van de multiculturele maatschappij, die al bij de eerste kritische geluiden over islamofobie en vreemdelingenhaat beginnen te protesteren.

Ik ben me sterk van die gevaren bewust en ik hoop dat mijn boek niet verkeerd wordt begrepen als een opsomming van clichés of vooroordelen over moslims, migranten en mannen. Omdat ik, in tegenstelling tot veel anderen die zich liever koest houden dan ongemakkelijke waarheden te verkondigen, niet bang ben voor de gevolgen, wil ik niet geassocieerd worden met bewegingen als Pegida of partijen zoals de AfD. Ik wil misstanden benoemen, helder en onverbloemd, zoals ik ze elke dag weer ervaar. Ik wil de daders en schuldigen benoemen, zodat er niet meer slachtoffers vallen. Dat is misschien eerst wat onaangenaam, voor meerdere betrokkenen. Maar ik ben ervan overtuigd dat het zal lonen, voor iedereen. Hoe langer we wachten, hoe langer we zwijgen, hoe meer schade hersteld moet worden.

DE INTEGRATIEKWESTIE – HET PUNT WAAR DE PROBLEMEN WERKELIJK ESCALEREN

De meeste migranten die hier wonen zijn hardwerkende mensen. Ze zijn voorbeeldig geïntegreerd, respecteren het land en de wetten, regels en normen, zonder daarbij hun eigen afkomst en identiteit te verloochenen. Zo hoort het ook. Alle mensen mogen trots zijn op hun afkomst, uit welk land ze ook komen. Ik ben er trots op dat ik Griekse ben. Ik houd van mijn afkomst, maar net als de meeste migranten vind ik het ook fijn dat ik bij Duitsland hoor. Beide landen horen bij me.

Een geslaagde integratie valt meestal niet op. Als alles op rolletjes loopt, als niemand onbeschoft is en er geen aanslagen worden gepleegd, als er geen speciale uitzendingen op televisie zijn, dan merkt niemand er iets van. Laat ik het meteen maar aan het begin van dit hoofdstuk zeggen: met de meerderheid van de migranten in Duitsland is niets aan de hand. De meesten zijn redelijk tot goed geïntegreerd, die veroorzaken nauwelijks problemen of irritaties, althans niet meer of minder dan de autochtone bevolking. Zelfs de minst optimistische mensen zou dat moeten zijn opgevallen.

Er zijn niet altijd grote overeenkomsten nodig om onopvallend met elkaar samen te leven, want we kunnen heel goed naast elkaar functioneren. Of wil iemand soms beweren dat bijvoorbeeld Japanners supergoed geïntegreerd zijn? Natuurlijk is dat een naar verhouding klein groepje, en misschien dat ze daarom weinig problemen veroorzaken, maar ook bij Japanners is er sprake van een parallelle gemeenschap, alleen is die in dit geval niet negatief.

Als ik het hieronder over een parallelle maatschappij heb, dan bedoel ik daarmee degenen die wel voor problemen zorgen en die problemen mede veroorzaken. Vooral migranten uit islamitische culturen ontwikkelen zich niet naast ons, maar deels zelfs tegengesteld aan ons. Er wordt openlijk een soort tegenmaatschappij gepredikt, en geleefd. Als politieagent heb ik vooral met deze negatieve voorbeelden te maken, dat hoort nou eenmaal bij mijn beroep. Want niemand belt immers de politie als alles goed gaat. Het zou natuurlijk kunnen dat ik hierdoor een vertekend beeld heb gekregen en dat ik goed geïntegreerde migranten die uit dezelfde landen komen, ten onrechte veroordeel. Ik ben me daar sterk van bewust, niet in de laatste plaats omdat ik zelf al vaak genoeg te maken heb gehad met vooroordelen en dat terwijl mijn familie een schoolvoorbeeld is van een in veel opzichten geslaagde integratie.

Ik heb gemerkt dat deze problemen over het algemeen niet in het midden van de maatschappij tot uiting komen, maar langs de randen, zowel boven als onder. Ook bovenaan? Ja, al klinkt dat misschien verrassend. Aan de bovenrand hebben mensen namelijk veel meer te verliezen. Uit onderzoeken blijkt dat samen met het inkomen ook de vooroordelen tegenover immigranten stijgen. In de praktijk gaat dat bijvoorbeeld zo: wie het zich kan veroorloven, trekt naar de betere wijken, liefst naar een *gated community*, stuurt zijn kinderen naar betere scholen, zodat ze niet al op de basisschool een kans op een goede carrière mislopen vanwege het slechte Duits van de migrantenkinderen. Als ze al een vreemde taal moeten leren, dan toch liever bij een gepromoveerde taalwetenschapper op de privékleuterschool. Men sluit zich af voor alles wat lager zit, want wie is nou geïnteresseerd in de problemen van de onderklasse? Het is niet voor niets dat veel van de aanhangers van een man als Sarrazin (onder andere de auteur van het boek *Deutschland schafft sich ab,* Duitsland heft zich op) niet bepaald armoedzaaiers zijn.

De bovenlaag is natuurlijk niet beter of slechter dan de zogeheten onderlaag. Ze reageren allebei alleen anders op de spanningen binnen onze maatschappij. Toch zijn vooral de uitwassen in de sociaal zwakkere milieus, waar het hier verder vooral over zal gaan, zorgwekkend te noemen. Niet alleen getalsmatig, maar ook door hun intensiteit en het beperkte zicht op verbetering. De onderklasse heeft om meerdere redenen de grootste problemen bij het integreren: geldgebrek, sociale uitsluiting, een laag opleidingsniveau en ervaringen met geweld maken die slechte uitgangspositie alleen maar erger. Anderzijds hebben maatschappelijk werkers en agenten steeds meer moeite deze mensen nog te bereiken. Mijn collega's en ik weten daar alles van; tenslotte stuiten we bij ons werk steeds weer op deze problematiek.

Ik zal hieronder nog een paar voorbeelden geven die mijn verhaal illustreren. Maar eerst dit: ik vind dat we het integratieprobleem niet op straat kunnen oplossen. Althans niet met de middelen en de opvattingen die het probleem deels hebben veroorzaakt. Daarvoor is het probleem te complex en vooral te diep geworteld. Veel van de op dit moment niet-geïntegreerde migranten beschouw ik als een verloren zaak.

Een groot aantal van hen vormt zelfs een bedreiging voor onze maatschappij, maar dat staat los van de vraag wie daaraan schuld heeft. Een beetje demonstreren voor de multiculturele samenleving en over solidariteit mompelen zullen ons niet helpen. Warme woorden uit de politiek al helemaal niet. Als dat het enige is wat we kunnen doen, dan zou dat een soort schuldbekentenis inhouden. Helaas lijkt het daar volgens mij wel op. Het verklaart ook waarom niet alleen delinquenten met een migratieachtergrond woede voelen. Ik voel het zelf ook en zie het ook steeds vaker bij collega's en medeburgers. Het baart me zorgen want als frustratie (waar veel migranten last van hebben doordat ze worden uitgesloten en benadeeld) steeds weer op berusting stuit (wat steeds meer autochtonen voelen vanwege het gebrek aan integratiebereidheid van sommige migranten) en omgekeerd, dan komen we op een hellend vlak terecht dat uiteindelijk alles met zich meesleurt.

Je zou kunnen zeggen dat dit boek deels uit woede is ontstaan, maar toch wil ik proberen mijn emoties op positieve manier te gebruiken om de huidige situatie zo goed mogelijk te beschrijven. En ik wil de negatieve emoties waar ik als agent mee te maken krijg, ombuigen tot iets constructiefs.

Soms zijn de echte redenen voor de integratieproblematiek moeilijk te achterhalen. Maar meestal is het vrij eenvoudig, omdat ik steeds weer op dezelfde problemen stuit, vooral in de probleemwijken, in de agglomeraties van het Ruhrgebied, waar veel migranten wonen en de integratieproblematiek als het ware op straat ligt. Ik ben ervan overtuigd dat we met eenvoudige middelen en heldere uitspraken al een heel eind zouden kunnen komen.

Voor mij gaat het daarbij om de problemen die 'normaal' zijn geworden, maar die ik allesbehalve normaal vind, ook al loop ik er dagelijks tegenaan. In de discussie over mislukte integratie spelen extremisten een ondergeschikte rol, ook al domineren ze in de media. Wanneer ik tijdens mijn werk word beledigd en bespuugd als 'politiehoer' ervaar ik aan den lijve het gebrek aan respect voor onze staat, voor vrouwen en voor andersgelovigen; ik zie de gevolgen van die parallelle maatschappij voor onze rechtspraak wanneer getuigen vlak na een gebeurtenis zich ineens niets meer kunnen herinneren omdat de zaak buiten de Duitse rechtbanken om moet worden geregeld. Ik weet waarom uitzichtloze bevolkingsgroepen het laatste beetje vertrouwen in onze democratie verliezen, voor zover ze dat al hadden.

'Is de multiculturele samenleving mislukt?' wordt er regelmatig gevraagd in de media en de politiek, meestal als er ergens weer een moord is gepleegd. Critici en goedpratende romantici komen dan tegenover elkaar te staan en voeren hun theoretische discussies. Soms zit er nog een symboolmigrant bij. Natuurlijk is die vraag niet te beantwoorden met ja of nee. In feite is de vraag verkeerd geformuleerd; eigenlijk zou de vraag moeten zijn: 'Waar zitten de problemen?' want daar zijn er absoluut genoeg van. Al die discussies bieden geen oplossing.

Veel dingen gaan nu beter dan een paar decennia geleden. Er zijn tegenwoordig talloze voorbeelden te geven van geslaagde integratie, van de kinderopvang tot de werkvloer tot wereldkampioenen voetbal. Aan de andere kant zijn sommige problemen ook structureel geworden omdat er jarenlang niets aan is gedaan. Ze zijn daardoor deels verergerd. De groep mensen die niet meer kan integreren groeit gestaag, vooral omdat het vaak ook om jongeren gaat.

Integratie is alleen makkelijk op papier. In de praktijk leidt het vaak tot problemen, omdat het niet eenvoudig is grenzen te trekken en regels te maken. Over alles valt te onderhandelen (niets is een door God gegeven recht) en dat moet ook zo blijven. Maar bij elke discussie moet steeds de lokale cultuur het uitgangspunt zijn, de lokale rechtspraak, de lokale gewoonten en waarden. De oorspronkelijke bewoners moeten zich nooit hoeven aan te passen aan de nieuwelingen, uit angst voor intolerant te worden versleten. Dat zou een negatieve vorm van aanpassing zijn, met navenante gevolgen voor onze vrijheden en democratie. Juist die verkeerde interpretatie van tolerantie heeft ons in veel opzichten met de rug tegen de muur gezet. Een multiculturele samenleving herbergt nu eenmaal allerlei problemen en niet zo rooskleurige waarheden: culturele verschillen, religieuze opvattingen, verouderde tradities die vaak niet zo makkelijk met elkaar te verenigen zijn.

Dat is geen rechtspopulisme, maar gewoon gezond verstand: we moeten rekening houden met culturele verschillen en ze respecteren, dat geldt ook voor de wetten van dit land. Daar is geen discussie over mogelijk. Bij gebruiken en tradities ligt dat anders, maar ook hierbij zijn er grenzen die iedereen moet respecteren, waar ook ter wereld: in moslimlanden zal ik niet op hoge hakken en in minirok naar een moskee gaan en in Israël ga ik niet zonder hoofdbedekking een synagoge in. Ik houd me aan maatschappelijke conventies, of die nou godsdienstig bepaald zijn of niet. Als ik bijvoorbeeld zou besluiten om naar Saudi-Arabië te verhuizen, zou ik het niet in mijn hoofd halen daar in het openbaar alcohol te drinken of als vrouw auto te gaan rijden, dat is daar namelijk verboden. Ook al was ik het in mijn eigen cultuur anders gewend, ik mag de wetten en gebruiken daar niet terzijde schuiven. Als toerist niet, en als migrant al helemaal niet. Als me dat niet uitkomt, kan ik beter wegblijven of weer teruggaan. Dat geldt zeker in een vrije maatschappij zoals de onze. Anders moet ik het maar accepteren, of ik het nou leuk vind of niet. Toch ontmoet ik steeds weer migranten die het heel moeilijk vinden dit soort compromissen te sluiten.[3]

Het gaat vooral om bewustwording, om een fundamentele instelling en bereidheid. We mogen van niemand verlangen dat hij of zij volledig assimileert; immigranten hoeven echt geen worstjes etende en bierdrinkende cliché-Duitsers te worden. Dat zou idioot zijn, nog even afgezien van het feit dat de cliché-Duitser net zomin bestaat als dé migrant. Zoals zo vaak ligt de waarheid ergens in het midden: er worden voorwaarden geschapen voor integratie (en die zijn er voldoende in Duitsland, dat kan ik persoonlijk bevestigen). Maar de beste voorwaarden leiden tot niets als er geen bereidheid is. En dat is precies waar de schoen wringt bij de migranten die voor problemen zorgen. Deels werd hun bereidheid weggenomen door de omstandigheden: doordat ze geen gelijke kansen kregen, niet geaccepteerd werden, weinig toekomstperspectief hadden. Deels echter sloegen ze echter ook kansen af, uit gekwetste trots, uit een superioriteitsgevoel, uit gebrek aan opleiding en begrip. Deels is die wil ook nooit ontwikkeld, omdat niemand hen kon overtuigen van de noodzaak, zeker niet thuis. Vooral vrouwen werd de mogelijkheid ontzegd, vaak met geweld. Helaas kruipen

3 Bij oorlogsvluchtelingen of andere vervolgden ligt de situatie natuurlijk weer anders. Die zaken moeten gescheiden blijven en worden daarom ergens anders besproken.

veel migranten in de ogenschijnlijk comfortabele slachtofferrol en geven anderen de schuld: verkeerde vrienden, slechte leraren, discriminerende agenten, de staat, de Duitsers, iedereen.

Eigenlijk zou je elke situatie apart moeten kunnen bekijken om een eerlijk beeld te krijgen. Je zou elke familiegeschiedenis moeten uitpluizen, de omgeving bekijken, de levensomstandigheden analyseren, enzovoort. Wanneer ik hier generaliseer, dan doe ik natuurlijk onrecht aan individuele personen, dat spreekt voor zich. Maar om de problemen te kunnen aanpakken, hebben we geen keuze. Duitsland is geen dorp met twaalf inwoners, maar een land met ruim 80 miljoen mensen. Daar komt bij dat ik het alleen zal hebben over zaken waarbij de feiten in de richting van bevolkingsgroepen wijzen, niet naar afzonderlijke personen. Dat rechtvaardigt de generalisaties enigszins.

Die algemene uitspraken vereisen een grondige kennis van de onderliggende cijfers, de statistiek. Een voorbeeld zijn de misdaadcijfers van de politie. Hierin worden strafbare feiten, gepleegd door zowel Duitsers als migranten, afzonderlijk opgesomd. Alleen het paspoort bepaalt in welke categorie iemand uiteindelijk terechtkomt. Een jonge Turk die door zijn geboorte in Duitsland automatisch een Duits paspoort heeft of die het Duitse staatsburgerschap heeft aangenomen, telt, als hij een misdaad begaat, in de cijfers mee als Duitser. We moeten dus voorzichtig zijn met uitspraken over de aantallen Duitse en buitenlandse misdadigers.

Toch zou het heel nuttig zijn iets te weten over de achtergrond van een dader, of we het nu politiek wenselijk vinden of overbodig. Alleen met informatie over de achtergrond kunnen we conclusies trekken over afkomst, cultuur, traditie, waarden, religie, patriarchale familiestructuren, integratieproblemen, enzovoort. Pas dan wordt iets duidelijk over de beweegredenen van een dader. De achtergrond van een misdadiger is dus van groot belang voor de strafzaak. Niet alleen bij het bepalen van de strafmaat, maar juist bij de preventie, omdat we dan op tijd kunnen zien wat iemand van plan is. Als we die kennis hebben, kunnen we gerichte preventiemaatregelen treffen en voorlichting geven, zo nodig door de rechter opgelegd, en kunnen toekomstige misdrijven worden voorkomen.

De strafrechtelijke statistieken vertonen hetzelfde vertekende beeld als de misdaadcijfers. Ook hier worden de gevangenen geregistreerd 'op pas'. Het op papier relatief lage aantal 'buitenlandse gevangenen' heeft betrekking op mensen die geen Duits staatsburger zijn en staat lijnrecht tegenover elke objectieve waarneming in justitiële inrichtingen.

Voor wie het nog niet wist, maken bovenstaande voorbeelden het volgende nog eens extra duidelijk: het onderwerp integratie biedt voldoende stof voor discussie en wie zich daarover uitspreekt, moet niet bang zijn voor kritiek. Dat hebben voor mij ook anderen gemerkt.

De boeken van Thilo Sarrazin (*Deutschland schafft sich ab)* en Heinz Buschkowsky (*Neukölln ist überall*) deden de afgelopen jaren heel wat stof opwaaien rond het onderwerp migranten en de daarbij behorende negatieve gevolgen. De veel geciteerde ondergang van het Westen is ons weliswaar tot nu toe bespaard gebleven, maar toch lijken deze en andere schrijvers een gevoelige snaar te hebben geraakt, die dwars door allerlei maatschappelijke groeperingen liep, en loopt, want de problemen zijn nog altijd niet opgelost. Veel van die problemen hebben te maken met angst. Angst voor 'te veel vreemdelingen', angst voor benadeling (ten opzichte van wie dan ook), angst voor alles wat migranten aan negativiteit zouden kunnen meebrengen. En een geld dat het kost! Er zijn geen duidelijke bewijzen voor die angsten, maar de problemen zijn er wel. Zoals de voormalige minister van Binnenlandse Zaken Otto Schily het omschreef: 'Gevoelens zijn politieke feiten.'

Ik ben echt geen aanhanger van de opvattingen van Sarrazin. Voor een deel zijn die volstrekt absurd en ze roepen door zijn theorieën over erfelijkheid van intelligentie associaties op met eugenetica en rassenleer. Maar hij benoemt wel negatieve ontwikkelingen die eenvoudigweg waar zijn. Daarvoor hoef je alleen maar met open ogen door een Duitse stad te lopen, wat ik als surveillant dagelijks mag doen. Wie me, verwijzend naar Sarrazin, vraagt of Bochum zichzelf opheft, die antwoord ik, verwijzend naar Buschkowsky, met wie ik meer verwantschap voel: 'Bochum is overal!' En vooral 's nachts is dat geen pretje. Zoals zoveel steden heeft ook Bochum een rosse buurt. Mijn collega's en ik voerden tijdens een nachtdienst gerichte controles uit voor een bordeel, wat ons natuurlijk niet erg geliefd maakte. Een van de mannen die we controleerden, was meteen al agressief en ook de rest van zijn gedrag wees erop dat hij drugs of alcohol had gebruikt. Ik vroeg hem uit zijn auto te stappen zodat ik hem kon vragen wat tests te ondergaan. Dat hij weigerde, sterkte mijn vermoedens dat hij iets te verbergen had. Bijna iedereen die iets heeft gebruikt, weigert in eerste instantie mee te werken aan tests, al heeft dat nog nooit tot iets geleid, maar dat terzijde. Maar dat was niet het probleem van deze man.

Ik legde hem uit dat hij zich steeds meer verdacht maakte, wat natuurlijk niet bijdroeg aan zijn humeur. Omdat de boel uit de hand dreigde te lopen, stelde ik voor dat hij twee vrijwillige tests zou ondergaan: een blaastest en een controle van zijn pupillen. Als die allebei negatief waren, was dat wat mij betreft voldoende en mocht hij verder rijden. Maar nog voor ik was uitgesproken, beet de man me toe: 'Jij kijkt niet in mijn ogen!'

Ik vroeg hem waarom hij dat niet wilde, ook al wist ik het antwoord eigenlijk al. Omdat hij aarzelde en geen goede reden kon geven, confronteerde ik hem maar met de vraag of hij het erg vond dat een vrouw hem aankeek. Meteen werd hij nog agressiever en speelde de 'buitenlandertroef': 'U heeft me alleen laten stoppen omdat ik een buitenlander ben.'

Ik bleef geduldig en legde uit dat hij in het donker met dimlicht aan was komen rijden bij onze controle en dat ik door het licht helemaal niet had kunnen zien wie er achter het stuur zat. Ik zei ook dat we iedereen aanhielden, niet alleen buitenlanders.

Hij werd nog agressiever. Nu begon hij me te verwijten dat ik over buitenlanders was begonnen. Waarom dacht ik dat hij een buitenlander was? Zijn naam was Mohammed en met zijn zwarte haar en donkere huid zag hij er niet bepaald typisch Duits uit. Maar voor de zaak werkelijk uit de hand liep, vroeg ik hem kalm te blijven.

In plaats daarvan begon hij te onderhandelen en legde hij uit dat ik maar één test mocht doen: of de blaastest, of de pupillen, maar niet allebei. Aan de politie de keus.

Kennelijk had hij nog niet begrepen dat hij geen eisen

kon stellen. Dat bleef ook zo. Hij weigerde in te zien dat wij, de politie, de baas waren bij deze controle, en niet hij. Hij snapte er niets van, en ik ben bang dat hij het nog altijd niet snapt.

Doordat de boel escaleerde, bleef er uiteindelijk maar één optie open, die we tandenknarsend accepteerden. Ik bood hem aan dat hij een vrijwillige blaastest mocht doen, en mijn mannelijke collega zou zijn pupillen controleren. Na veel touwtrekkerij stemde hij daar ten slotte mee in. Als ik hem niet tegemoet was gekomen, zou het op geweld zijn uitgelopen. En waarom helemaal? Drugsgebruik zonder uitvalverschijnselen is niet meer dan een overtreding, en voor dwangmaatregelen, bijvoorbeeld bloedafname, was niet voldoende aanleiding. Daar was het de man ook helemaal niet om te doen. Voor hem was het gewoon een machtsspelletje met een vervelende tegenstander, voor wie hij totaal geen respect had. Want nu komt het: na al dat gedoe bleken beide tests negatief.

Voor mijn verhaal doet het er in feite ook niet toe of er in dit geval wel of niet sprake was van een strafrechtelijke overtreding. De houding van de man is typerend voor zijn culturele afkomst, die zijn opvoeding kenmerkt en die hem tot op hoge leeftijd zal kenmerken. Het geeft aan waar het probleem eigenlijk ligt. Wanneer je bij een routinecontrole blij moet zijn dat je een escalatie hebt weten te voorkomen (met één persoon; over roedelvorming zal ik het later nog hebben), gaat het om iets fundamenteels, om begrip van wat integratie betekent.

Zoals ik in het voorwoord al zei, maak ik dit soort situaties in Bochum dagelijks mee. Hoe heeft het zover kunnen komen? Zoiets komt niet van de ene op de andere dag op, het moet langzaam zijn gegroeid.

Ik wil hier geen geschiedenisles geven, ik zal alleen de historische ontwikkelingen noemen die nodig zijn om de huidige situatie te begrijpen. Daarvoor hoeven we eigenlijk maar een klein stapje terug te doen: in april 2006 verwoordde de toenmalige bondspresident Horst Köhler wat veel Duitsers nog altijd niet willen begrijpen: we hebben het onderwerp integratie decennialang laten versloffen. Op dat moment had de laatste Duitser het licht moeten zien. Het is nog geen tien jaar geleden, in historisch opzicht een belachelijk korte periode voor een verandering van mentaliteit of een maatschappelijke verandering. Dat een groot land als Duitsland, zeker met zijn geschiedenis, niet in een keer een loepzuiver immigratieland wordt, een schoolvoorbeeld van gelukte integratie, is duidelijk. Zoiets gaat niet zonder problemen. Een aantal daarvan lijkt onvermijdbaar, maar andere lijken we zelf te hebben gecreëerd.

De politiek heeft de maatschappelijke problemen die door de migratie, voor alle betrokkenen, ontstonden jarenlang genegeerd. De meeste Duitsers, die het maar zijdelings raakte, waren blij als ze er weinig mee te maken hadden en hadden het alleen opgelucht over hun maat Paolo, van die leuke pizzeria, of over de gratis ouzo bij Petros op de hoek of over dat mooie doelpunt van Mehmet afgelopen zaterdag.

Die onwetendheid, en later de beschuldigingen aan het adres van de politiek, justitie, maatschappelijk werk, scholen, politie, enzovoort, ging een eigen leven leiden en we zitten tot op de dag van vandaag met de gevolgen. We zijn er nog niet vanaf, laat staan dat we een oplossing hebben. Als dat tussen het persklaar maken en verschijnen van dit boek wel is gebeurd, mag u het dichtslaan en een ommetje gaan maken. Dat zou mooi zijn. Maar ik ben bang dat dit onderwerp ons nog lang zal bezighouden.

Discussies zijn belangrijk en vormen vaak de aanzet tot nieuwe ontwikkelingen, maar ze zijn niet voldoende. Ik houd van aanpakken. Ik zie het nut in van theoretische principes, maar de praktijk is doorslaggevend, het dagelijks leven. Ons leven.

Een samenleving heeft regels nodig. Dat is niets nieuws en ik ben niet zo naïef om te denken dat er perfecte regels bestaan die iedereen gelijk behandelen en waar iedereen zich netjes aan houdt, met een vrolijk liedje op de lippen. Dat is een mooie droom, maar wel een droom.

Wij hebben in Duitsland een principiële fout begaan, zowel in de politiek als in de maatschappij: we vonden onszelf enorm open, of in elk geval open genoeg. We verwelkomden de vreemdelingen met open armen, ook al noemden we ze toen nog 'gastarbeiders' of gewoon 'buitenlanders'. We dachten dat alles wel zou loslopen. En als mensen langer wilden blijven, dan zouden ze vanzelf wel integreren. Zomaar vanzelf. De Bondsrepubliek was na de oorlog per slot van rekening niet voor niets economisch weer zo sterk geworden, de Duitsers waren nu immers zo overduidelijk goed en stonden aan de goede kant dat er echt geen reden was onze manier van leven, onze maatschappij, onze cultuur, onze relaties in twijfel te trekken vanwege die paar buitenlanders. Het ging toch prima zo?

Eén ding vergaten de meeste mensen echter: als migranten of vluchtelingen onze kant op komen, dan wil dat helemaal niet zeggen dat ze dat doen omdat ze een vrije, open maatschappij zoeken en dat ze alles goedvinden, omdat ze onze democratie zo geweldig vinden. Veel van die mensen zoeken gewoon een beter leven, meer niet. Details zijn dan bijzaak. En voor wie aan armoede is ontsnapt, om nog maar te zwijgen van oorlog en vervolging, zijn heel veel dingen details. Wie maakt zich dan druk over richtlijnen, werktijden of grammatica?

Met sommige groepen immigranten ging het goed; zo waren er bijvoorbeeld weinig problemen met Oostblokimmigranten. Bij anderen liep het minder soepel, zoals de immigranten uit moslimlanden, met 'Arabieren' of 'Libanezen'. Maar dat werd jarenlang genegeerd, vooral op de beslissende punten.

Toen mijn grootouders uit Griekenland vertrokken, wisten ze nog niet dat ze langer dan een paar jaar zouden blijven. Dat was ook niet hun bedoeling, net zomin als al die Italianen, Spanjaarden, Grieken, Turken, Portugezen, Joegoslaven, enzovoort dat van plan waren die in de jaren vijftig en zestig naar Duitsland kwamen om te werken nadat de Bondsrepubliek afspraken had gemaakt met hun thuislanden. De meesten wilden even blijven, werken en liefst zo snel mogelijk veel geld verdienen om thuis beter te kunnen leven. Bijna niemand was van plan het thuisland voorgoed te verlaten. De meesten vonden het dan ook helemaal niet nodig meer te leren over de taal en cultuur van het 'gastland' dan voor het werk noodzakelijke was. Dat vond verder ook niemand nodig, want iedereen ging ervan uit dat de 'gasten' weer naar huis zouden terugkeren. De rest is bekend.

Sindsdien is er in Duitsland veel veranderd. Behalve de genoemde immigratiegolf in de jaren vijftig en zestig kregen we ook te maken met de Duitse eenwording. De afgelopen decennia hebben er in heel Europa bovendien enorme politieke veranderingen plaatsgevonden. Grote multinationals hebben ervoor gezorgd dat de wereld kleiner is geworden en ons leven sneller. Dat vereist een dynamisch zelf- en wereldbeeld. Daar zit een probleempje aan: flexibiliteit en onzekerheid gaan slecht samen.

De reflex om weerstand te bieden aan verandering zit in iedereen. In de loop van de geschiedenis waren degenen die zich konden aanpassen echter altijd degenen die verder kwamen en die triomfeerden. Dat is de essentie van evolutie. Dat geldt ook op maatschappelijk niveau: in deze onzekere, steeds snellere wereld is een geslaagde integratie een belangrijke bouwsteen voor de toekomst. We moeten daar wel een oplossing voor vinden, want we wonen in een land dat steeds meer aangewezen is op immigratie.

Het is een ironische speling van het lot te noemen dat uitgerekend migranten, dus mensen die hun land van herkomst hebben verlaten omdat ze hopen op een beter leven, deels star gedachtegoed en starre maatschappelijke structuren hebben geïmporteerd. Wie de moed had nieuwe kusten op te zoeken, hecht des te meer waarde aan oude tradities en waarden. Dat geldt vooral voor mensen bij wie de migratie niet heeft gebracht waarop ze hadden gehoopt. Of die zich geen raad wisten of weten met de vrijheden van onze maatschappij. Dat wat ze in die vreemde (en vaak nog na meerdere generaties vreemd gebleven) maatschappij houvast en richting gaf, werd steeds meer tot een val, een zelf opgetrokken gevangenis. Maar wie openstond voor verandering, wie de regels van het nieuwe vaderland kon accepteren en respecteren, wie meespeelde en kansen greep, was veel succesvoller dan de ideologische traditionalisten. Dat was altijd al zo en zal altijd zo blijven.

Het mes sneed aan twee kanten: wie openstond voor de migranten en hulp gaf, werd niet alleen beloond met pizza, gyros en döner, maar met veel meer. En dat zonder de eigen identiteit te hoeven opgeven of bang te zijn voor 'te veel vreemdelingen' - integendeel. Door de verschillen werd de eigen identiteit juist duidelijker zichtbaar. Wie onwrikbaar vasthoudt aan starre ideeën, is echter gevoeliger voor geweld en escalatie.

Onze maatschappij zal ook in de toekomst blijven veranderen. Wie in dat proces religieuze oorlogen voert en geen millimeter van zijn standpunt wil wijken, heeft al verloren. En dat terwijl wij in Duitsland een kader hebben dat iedereen voldoende mogelijkheden biedt en waaraan iedereen rechten kan ontlenen: de grondwet. Die moet ook in Duitsland de basis vormen voor integratie. In theorie wordt dat ons eenvoudig gemaakt: er is geen wispelturige dictator, maar er zijn duidelijke, transparante regels en wetten (globaal althans, wat de details betreft kan de Duitse wetgeving flink ingewikkeld zijn). Die wetten gelden voor iedereen die hier leeft en woont. Om die wetten uit te voeren is onder andere een efficiënte politie nodig, maar vooral ook de bereidwilligheid van alle betrokkenen om zich aan de geldende wetten te houden en ontstane problemen te bestrijden.

Dat starre ideeën hierbij een belemmering kunnen vormen, mag duidelijk zijn. Ik vind het dan ook niet zo vreemd dat ik dagelijks word geconfronteerd met conflicten waarbij dit de onderliggende reden is. Archaïsche ideeën uit sterk hiërarchische maatschappijen; concepten als 'eer' en 'trots', vlaggen die vele ladingen dekken; een simpel wereldbeeld (goed en slecht); patriarchaat, waarbij de onderdrukking van vrouwen centraal staat; eigen rechtsregels volgens het principe 'oog om oog, tand om tand'; familie-eer die zwaarder weegt dan de geldende wetten, en een openlijke minachting voor de Duitse staat.

Starre opvattingen als deze zijn bijvoorbeeld te vinden bij islamieten, maar ook bij neonazi's en andere extremisten. Op het eerste gezicht gaat het hierbij om totaal tegenstrijdige ideologieën, maar in de kern worden ze gedreven door dezelfde angst: ze staan in veel opzichten angstig en labiel in het leven (economisch, politiek, soms ook privé), de talloze mogelijkheden die een westerse democratie bieden, zorgen voor verwarring en onbehagen, ze hebben geen richting en daarom klampen ze zich vast aan een al lang verouderd wereldbeeld. Ze zoeken een zondebok die ze van alles de schuld kunnen geven. Dit soort mensen vindt het moeilijk om flexibel te zijn; ze verlangen naar een eenvoudige wereld. Al het andere vinden ze te lastig. Het zou zo simpel kunnen zijn, maar dat is het niet.

Dat een paar oude, hardnekkige koppen steeds weer opduiken, is niet verwonderlijk. Onverbeterlijke types zijn er altijd al geweest en zullen er altijd blijven. Zolang hun aantal beperkt blijft, kan een goed functionerende democratie dat ook aan. Maar het wordt al problematischer als hun ideeën worden gedeeld door een groeiende groep jongeren, die eigenlijk zouden moeten meewerken aan onze toekomst.

Eén groep valt daarbij, en bij de misstanden die in dit boek worden beschreven, helaas extra op.

Ik wil niet langer om de hete brij heen draaien: we hebben de grootste problemen met migranten uit landen met een moslimcultuur, en dan vooral met de jongemannen. Mensen uit deze culturen, of het nu Turken, Koerden, Libanezen, Tunesiërs of anderen zijn, hebben er opvallend veel moeite mee in Duitsland te integreren. Ik schrijf opzettelijk 'moslimcultuur', want voor deze constatering is het totaal onbelangrijk of de individuele personen heel gelovig zijn of niet en welk paspoort ze nou precies hebben. Naar mijn ervaring is de culturele vorming bepalend, want daar gaan waarden, morele concepten, een wereldbeeld, een mensbeeld, begrip van rolverdelingen achter schuil, alle ideeën en overtuigingen die bepalen hoe mensen met elkaar omgaan. Daartoe behoort ook 'onze mentaliteit, ons temperament', zoals ik dat dagelijks moet aanhoren en ervaren.

Nogmaals: niet alle immigranten en ook niet alle moslims zijn een probleem. Een groot aantal van hen is uitstekend geïntegreerd en vormt een verrijking voor onze maatschappij. In tegenstelling tot wat veel mensen denken, zorgen migranten zelfs voor een lastenverlichting van de Duitse verzorgingsstaat, zoals in 2014 werd aangetoond door een onderzoek door de Bertelsmann-Stiftung. Dat wil zeggen: ze betalen meer dan dat ze kosten, en daar heeft heel Duitsland profijt van. Natuurlijk zijn er ook immigranten die onze verzorgingsstaat uitbuiten, en sommige groepen gaan daarbij opvallend creatief te werk, om niet te zeggen, hondsbrutaal, maar hierbij alle moslims over één kam scheren zou een onterecht vooroordeel zijn.

We kunnen lang praten over de vraag waar dergelijke

vooroordelen over migranten vandaan komen, wie ze heeft bedacht en waarom sommige zo hardnekkig zijn. Op het eerste gezicht zie ik er niet uit als een standaard-Duitser met blond haar en blauwe ogen. Uit eigen ervaring weet ik daarom maar al te goed dat mensen verschillend reageren op een bepaalde haarkleur, huidskleur en andere uiterlijke kenmerken, tot kleding aan toe. De hokjes in onze hersenen zijn gevuld voor we het in de gaten hebben. Veel mensen zien niet meteen aan me dat ik Griekse ben. Sommigen denken dat ik Turks ben, anderen houden me voor een Italiaanse of iets anders Zuid-Europees. In principe heb ik daar geen moeite mee, ik weet niet beter, net als veel andere mensen met een migratieachtergrond. Zoals al eerder vermeld is de migratieachtergrond een criterium om mensen of individuen van een bepaalde bevolkingsgroep in te delen die na 1949 naar de Bondrepubliek is geïmmigreerd, of de nakomelingen van die mensen. Het is een criterium dat ambtenaren en instellingen gebruiken voor statistieken; in het echte leven gaat het niet om cijfers en procenten, maar om mensen van vlees en bloed, unieke personen met een eigen verhaal. En toch vallen bepaalde groepen steeds weer op door hetzelfde gedrag. Clichés ontstaan vaak niet voor niets, niet alles berust op gemene vooroordelen, zoals altijd wordt beweerd. Het is een feit dat van de migranten met grote integratieproblemen opvallend veel een moslimachtergrond hebben.

Het verband tussen culturele afkomst en maatschappelijk gedrag of bepaalde misdaden is meer dan opvallend. Wat kunnen daarvoor de oorzaken zijn? Worden de problemen met migranten uit moslimculturen werkelijk veroorzaakt door hun geloof? Of heeft het toch meer te maken met vooroordelen? En in hoeverre wordt het beeld vertekend door individuele islamitische terroristen?

Bij het globale beeld van het integratiedebat speelt onze waarneming inderdaad een grote rol. Onderzoeken hebben uitgewezen dat het aandeel immigranten en moslims binnen de totale bevolking veel hoger wordt geschat dan werkelijk het geval is: ondervraagden schatten gemiddeld dat het aandeel migranten op een kwart ligt, terwijl het in werkelijkheid om een vijfde gaat. Het aantal moslims wordt geschat op bijna 20 procent, terwijl het om 5 procent gaat, vier keer zo hoog dus. De 'controlegroep' christenen werd met 58 procent tegen 62 procent juist te laag geschat. Hoe komt het dat de mensen er zo naast zitten? Neemt het aantal (pas op, cliché!) luidruchtige, zuidelijk uitziende mannen en vrouwen met hoofddoekjes achter kinderwagens werkelijk toe of raken veel autochtonen er nog altijd zo van in de war dat ze hun aantal veel hoger schatten?

Volgens mij komt het inderdaad doordat deze bevolkingsgroepen in het dagelijks leven meer opvallen. Veel van hen, vooral de jongeren, houden zich op openbare plekken in de binnenstad of in parken op en domineren zo het straatbeeld, ook door hun opvallende gedrag. Ook mij valt het op dat het aantal vrouwen met hoofddoekjes in Bochum groeit, wat mij niet bepaald de indruk geeft dat die vrouwen enorm geëmancipeerd zijn, zelfs als zij ze allemaal vrijwillig dragen en religie een vrije keuze is. Daar komt nog bij dat er al heel lang wordt geroepen dat de geboortecijfers onder migranten veel hoger liggen dan bij de Duitsers. Door hun bovengemiddelde aanwezigheid in de misdaadcijfers ligt het bovendien voor de hand het aantal immigranten en moslims hoger in te schatten dan het werkelijk ligt. Mij gaat het echter niet om cijfers, maar om de problemen waarmee iedereen te maken kan krijgen die in Duitsland de deur uit gaat. Het gaat me ook niet om theologische spitsvondigheden. Ik zal geen soera's citeren en ook geen Bijbelse vergelijkingen. Het gaat erom wat er op het veld gebeurt, zeggen voetballers, en zo zie ik het ook. De culturele vorming is veel belangrijker dan individuele religieuze stromingen, ook al leiden die natuurlijk tot verschillen, die vooral bij de strenge interpretaties van de salafisten, de wahabieten of de moslimbroeders van grote betekenis zijn. Het gaat mij om alle mensen die zich, vaak en graag ook trots, beroepen op hun moslimcultuur.

Toch zal ik nog wat feiten en cijfers noemen. Volgens een extrapolatie van het Bundesamt für Migration und Flüchtlinge zijn er 3,8 tot 4,3 miljoen moslims in Duitsland, van wie ongeveer de helft Duits staatsburger is. Alleen al daarom noem ik het een Duits probleem of liever gezegd: óns probleem. Alle discussies waarin alleen maar wordt gesproken over 'hen' of 'die anderen', negeren dat aspect in mijn ogen volledig. De misdaden worden hier gepleegd, veel van de daders zijn hier geboren, hier opgegroeid, hier gesocialiseerd (of juist niet!), dus zijn het ook onze problemen, uit welk land die betrokken personen of hun voorouders ook zijn geëmigreerd. De namen Sarrazin en Buschkowsky klinken tenslotte niet veel Duitser dan Kambouri, Özdemir of Boateng.

In het oosten van Duitsland zijn er duidelijk minder moslims, nog geen 1 procent van de totale bevolking, wat historisch gezien niet zo vreemd is. De stadstaten Bremen (9,2 procent), Berlijn (8,2 procent) en Hamburg (8 procent) eindigen nog voor de landstaten Noordrijn-Westfalen (7,5 procent) en Baden-Württemberg (6,5 procent) – alle andere deelstaten zorgen voor een daling van het gemiddelde tot 5 procent. Bij de absolute getallen eindigt mijn deelstaat Noordrijn-Westfalen met meer dan 1,3 miljoen duidelijk voor Baden-Württemberg, dat met 673.000 moslims de tweede plaats bezet.

De grootste groep moslims is, evenmin weinig verwonderlijk, afkomstig uit Turkije. Met ongeveer 1,5 miljoen vormen de Turken echter nog geen 40 procent van alle moslims in Duitsland. Dat komt waarschijnlijk doordat een groot aantal tijdens hun inburgering uit de statistieken is verdwenen. We moeten dit soort cijfers dus altijd voorzichtig bekijken. Toch durf ik te wedden dat de meeste Duitsers het aandeel van de Turken onder de moslims veel hoger hadden geschat omdat hun eerste contact met moslims vaak met Turken was. De Turken waren er nu eenmaal als eersten. Het komt ook omdat voor veel mensen het cliché geldt: Turk = moslim. Met grote afstand op Turkije volgen dan de moslims uit Zuidoost-Europa, het Midden-Oosten en Noord-Afrika. Dat zijn de grootste groepen. Dit zijn ook de streken die ik bedoel als ik het heb over migranten uit landen met een moslimcultuur. Als ik dat in elke zin weer specifiek zou moeten benoemen, zou dit boek onleesbaar worden, dus zeg ik het hier voor het laatst. Het geldt echter voor het hele boek. Waar nodig zal ik in de specifieke voorbeelden differentiëren.

Maar nu een echt interessant cijfer: van de 4 miljoen moslims is een op de twee jonger dan 25. Deze bevolkingsgroep heeft dus duidelijk een andere demografische opbouw dan de rest van de bevolking. Alleen al dat verklaart het feit dat procentueel gezien het aantal daders onder moslims steeds hoger komt te liggen, want over het algemeen begaan jongeren meer misdaden. Het is ook een belangrijk cijfer wanneer we kijken naar de demografische ontwikkelingen voor de toekomst.

Mijn beste vriendin is Turkse. We kennen elkaar al sinds school en zijn al jaren onafscheidelijk, alleen over religie praten we nooit. Daarover verschillen we van mening en we weten dat we dan toch maar ruzie gaan maken. Dat vormde voor haar echter geen belemmering mij te vragen als getuige bij haar huwelijk. We tolereren elkaars verschillende religieuze opvattingen en praten liever over dingen die we allebei leuk vinden...

Ik weet dus niet alleen door de confrontaties met criminele moslims die ik tijdens mijn werk meemaak dat religie een lastig onderwerp is. Het wordt te pas en te onpas aangevoerd in discussies: 'U controleert me alleen omdat ik een baard heb en moslim ben.' Dat soort verwijten hoor ik voortdurend. Natuurlijk zijn er moslims die ten onrechte worden verdacht, maar er zijn er ook genoeg die vrijwillig voor een slachtofferrol kiezen, vanwaaruit ze dan met net zoveel vooroordelen de ander aanvallen, of dat nu de politie, de staat of andersgelovigen zijn. Een dergelijke dubbele moraal kom ik steeds tegen, en dat is op den duur behoorlijk vermoeiend.

Het gaat me er hier niet om de hele islam te veroordelen. Iedereen mag wat mij betreft geloven wat hij wil. Maar wie het onderwerp integratie kritisch wil bestuderen, wordt vroeg of laat geconfronteerd met de vraag: waarom zijn het zo opvallend vaak moslims die slecht integreren? Waarom zijn ze zo oververtegenwoordigd onder de groep criminelen met een migratieachtergrond?

Om dichterbij een antwoord op die vragen te komen zal ik de meest in het oog lopende problemen bespreken. Wat mij betreft hebben die te maken met archaïsche familiestructuren, met het patriarchaat, met vrouwenonderdrukking en met autarkische parallelle maatschappijen die de staat Duitsland niet alleen overtollig maken maar zelfs tot vijand verklaren. Ik wil echter beginnen met de leden van de jongste groep, die hun 'vaderland' hooguit uit de vakanties kennen. Die werden geboren in verdeeldheid, die nergens echt bij horen, de zogenaamde Deutschländer, zoals de schrijfster en advocate Seyran Ateş ze noemt. Die er eigenlijk niets aan kunnen doen en toch in de fout gaan. Waarom zijn de typische integratieproblemen bij hen zo duidelijk aanwezig en lijken ze zelfs alleen maar erger te worden?

'JE KUNT ME NIKS MAKEN, OUWE' – STEEDS JONGER, STEEDS AGRESSIEVER

Ik surveilleerde samen met een collega; we reden zonder specifiek doel door het centrum van Bochum om te zorgen voor 'blauw op straat', toen mijn oog viel op drie jongvolwassenen, naar schatting net meerderjarig. Ze staken vlak voor onze auto de straat over, lachten ons in het voorbijgaan uit en maakten gebaren. Ze staken hun arm en hun kin provocerend omhoog in onze richting, om te laten zien dat de politie maar dichterbij moest komen als die wat wilde, en riepen 'kutpolitie', wat ik door het open raampje kon horen. Het was het gebruikelijke machogedrag om aandacht te trekken en ons een beetje te provoceren. Ik had geen andere keuze: ik bleef staan en onderwierp ze aan een controle.

Als ik niets doe tegen dergelijk gedrag, wordt het bij een volgende gelegenheid alleen maar erger en misschien zelfs agressiever.

De drie waren goede bekenden van de politie; het waren leden van een grote Libanese familie met diverse criminele elementen. Alle drie hadden ze hun dossiers met de gebruikelijke gewelds- en eigendomsdelicten ruimschoots verdiend. Tijdens de controle lachten ze zich slap. Toen ik ze daarop aansprak en ze erop wees dat dit een politiecontrole was en dat ze het wel wat serieuzer mochten nemen, vroeg een van hen of het mijn eerste dag was. Een ander zei: 'Iemand moet hier blijkbaar wat op haar strepen staan.'

Een ander zat met zijn mobieltje te spelen. Ik vroeg hem het ding weg te stoppen, maar hij antwoordde, al wat agressiever: 'Ik stop mijn mobiel weg als ík dat wil!' Zelfs bij controles door de politie of, zoals in dit geval, pas als de politie er is, komt de mobiel tevoorschijn, wordt er gefilmd of gefotografeerd. Vaak worden er ook anderen opgetrommeld om ons in ons werk te hinderen, maar zover kwam het deze keer niet.

Nadat ik even net zo luidruchtig was geworden als de drie Libanese jongeren en ze nog een keer dringend vroeg hun mobieltjes weg te stoppen, veranderde hun gezichtsuitdrukking. Ze kregen eindelijk in de gaten dat de situatie er niet meer zo grappig voor ze uitzag. Een begon zelfs te trillen; niet uit angst, maar uit woede. Aan alles was te zien dat hij graag naar me had uitgehaald, hij wierp dodelijke blikken in mijn richting. Het is vernederend en pijnlijk als je door de Duitse politie, en dan helemaal door een vrouw, op je nummer wordt gezet. De controle was nog maar nauwelijks voorbij of ze liepen geamuseerd verder en gedroegen zich weer zoals daarvoor. Ze lachten zelfs nog een beetje luider dan daarvoor.

Als agenten kunnen we juridisch niets beginnen tegen dit soort gedrag, en dat weten die jongens maar al te goed. Ze weten heel goed hoever ze kunnen gaan, zonder dat ze in de problemen komen. Daarmee laten ze niet alleen hun minachting voor de Duitse staat blijken. Op den duur lijden vooral de agenten onder deze voortdurende vernederingen, die op zich nogal onschuldig lijken. Je moet een dikke huid hebben om ertegen te kunnen. Dit soort gedrag zou als overtreding moeten worden bestraft. Bij verkeersovertredingen moeten burgers zelfs voor de kleinste onbenulligheden lappen, maar op dit respectloze, provocerende gedrag staat geen enkele sanctie. En dat terwijl de gevolgen zeer negatief kunnen zijn doordat bij elk van die machtsspelletjes het respect steeds verder afkalft. De slachtoffers zijn ambulancepersoneel en artsen, buschauffeurs en conducteurs, brandweerlieden en agenten, eigenlijk iedereen met een officiële functie, die in een beperkt wereldbeeld Duitsland vertegenwoordigt. In de beschreven situatie voelden mijn collega en ik ons na afloop ook weer een beetje machtelozer en hulpelozer, terwijl we verdergingen met surveilleren en werden uitgejouwd door de Libanese jongeren.

Als het in dit soort situaties niet eens om jongvolwassenen of pubers gaat, maar om kinderen, dan is dat gebrek aan respect niet alleen irritant, maar doet het ook nog extra pijn. Niet alleen omdat het kwetsend is, maar vooral omdat je alleen maar medelijden kunt hebben met die kinderen. Waarschijnlijk maken ze geen enkele kans ooit een normale rol te spelen in onze maatschappij. Wat voor toekomst hebben ze eigenlijk en kunnen ze daar zelf nog wel wat aan doen? Hoe moeten wij die toekomst met ze delen?

Kinderen en jongeren zijn rebels, dat hoort bij een gezonde ontwikkeling. Ik gooide zelf ook altijd mijn kont tegen de krib: tegen mijn medescholieren, tegen mijn leraren, tegen mijn ouders. Maar daar heb ik het hier niet over. Het is treurig gesteld wanneer je als agent door jongeren wordt bespuugd en uitgescholden, alleen maar omdat je agent bent. Dat heeft niets meer te maken met rebellie of puberteit. De kleintjes kijken dit soort 'omgangsvormen' af van de iets ouderen, die ze op hun beurt weer afkijken van de groep boven hen. Het gedrag wordt als het ware van generatie op generatie doorgegeven en door de volgende generatie hooguit nog 'verfijnd' en aan de nieuwste technische gadgets aangepast.

Kennelijk is er iets niet helemaal goed gegaan bij de ontwikkeling van deze jongeren. De vraag is waar: op school, op het kinderdagverblijf, thuis? Op het moment dat ik als agent voor het eerst in aanraking kom met probleemjongeren, gaan de meesten van hen nog naar school. Of zouden dat moeten gaan.

In mijn schooltijd zat ik op de basisschool met twee of drie niet-Duitse kinderen in de klas. Op de middelbare school waren dat er al een paar meer, maar nog altijd een kleine minderheid. Het was mijn geluk dat ik eigenlijk geen andere keuze had dan om te gaan met mijn Duitse klasgenoten. Ongemerkt moest ik wel actief integreren. Tegenwoordig is de samenstelling van de klassen, zeker op de 'zwakke' scholen, totaal omgekeerd: er zitten bijna alleen kinderen van allochtone afkomst in, het aantal kinderen dat Duits als moedertaal heeft, daalt gestaag richting nul.

Een tijdje geleden was ik op een scholengemeenschap. Toen ik arriveerde, was het net pauze en ik keek om me heen op het schoolplein: niet één kind leek van oorsprong Duits. Een lerares die toezicht hield, kwam naar me toe en ik vroeg haar hoeveel van oorsprong Duitse kinderen er op de school zaten. 'Ongeveer 5 procent,' antwoordde ze. Misschien is het een extreem voorbeeld, maar in de toekomst is het vermoedelijk eerder regel dan uitzondering. En dan vooral in de grote steden, waar nu al grote agglomeraties van bepaalde migrantengroepen zijn: Duisburg, Gelsenkirchen, eigenlijk het hele Ruhrgebied, Bremen/Bremerhaven, Berlijn, door de demografische ontwikkelingen zal de lijst steeds langer worden.

Bij een andere gelegenheid werd ik aangesproken door een Duitse moeder die de indruk had dat haar kind op het kinderdagverblijf meer Turkse dan Duitse woordjes leerde. De moeder werd door haar zoontje bijvoorbeeld steeds vaker aangesproken als *anne* (het Turkse woord voor 'mama') en ze had gemerkt dat haar kind op het kinderdagverblijf nauwelijks nog Duits leek te leren. Ze moest de schade thuis inhalen. Ze vertelde dat ze niets tegen buitenlanders had, en op mij maakte ze ook niet die indruk. Ze zei dat ze het niet prettig vond dat haar kind nauwelijks nog in aanraking kwam met de Duitse taal. De anderstalige kinderen spraken onderling in hun eigen taal, veelal Turks. Zodra ze het zich kon veroorloven, vertelde ze, zou ze verhuizen, omwille van haar kind. Eerlijk gezegd kan ik me dat heel goed voorstellen. Als moeder zou ik er waarschijnlijk precies zo over denken en een langere reistijd voor lief nemen als ik mijn kind naar een kinderdagverblijf kon laten gaan met minder buitenlanders. Als je in je eigen land tot zo'n kleine minderheid bent gaan behoren dat taalonderwijs niet meer vanzelfsprekend is, dan sla je als ouders wel aan het twijfelen. Is dat geslaagde integratie? Ik dacht het niet.

Een medewerkster van de kinderopvang vertelde me dat bij veel kinderdagverblijven in het Ruhrgebied de medewerkers gevraagd wordt Turks te leren, alleen al om praktische redenen, omdat dit in de dagelijkse praktijk makkelijker werkt. Ik kon mijn oren niet geloven! Toen ik naar het kinderdagverblijf ging, sprak niemand Grieks tegen me. Dat was ook niet nodig, want kinderen pikken een nieuwe taal razendsnel op, zoals iedereen weet. Waarom zou dat bij Turkse kinderen niet net zo werken?

Ik vind dat we, door de eis om Turks te leren, een volkomen verkeerd signaal afgeven, zowel aan Duitse en Turkse als andere ouders, maar ook aan de onderwijzers. Het is een teken van omgekeerde assimilatie en het enige resultaat zal zijn dat er nog minder Duits te horen zal zijn dan nu al het geval is. Gewoon omdat het niet wordt aangeleerd! Het einde van het liedje zal zijn dat beheersing van het Turks een vereiste wordt voor alle onderwijzers, leraren, artsen en agenten. Overdrijf ik? Wat maakt een beetje extra talenkennis uit, als het op straat eigenlijk al zover is? Maar dat is het paard achter de wagen spannen en zou de problemen alleen maar erger maken.

Want niet alleen de taal is een probleem, ook de andere culturele tradities leiden tot problemen. De onderwijzeres vertelde me nog een verhaal. Een Turkse broer en zus hadden ruzie op het kinderdagverblijf. Tijdens die ruzie sloeg het jongetje zijn zusje. De leidster werd boos op het jongetje en zei dat hij niet mocht slaan. En wat gebeurde er? De volgende dag stond de vader van het jongetje op de stoep, die de leidster te verstaan gaf dat ze zijn zoon niets te vertellen had. Het jongetje mocht zijn zusje slaan als hij dat wilde. Onbegrijpelijk! En het ergste is dat de instellingen er haast niets aan kunnen doen. Er zijn nauwelijks praktisch uitvoerbare maatregelen te bedenken tegen ouders met wie niet valt te praten over opvoedingskwesties.

Helaas is dit geen uitzonderingsgeval. Een onderwijzeres van een basisschool vertelde me dat een moslimjongen uit groep drie tegen haar had gezegd dat zij hem niets kon vertellen omdat ze een vrouw was. Dat soort verhalen hoor ik steeds vaker, zelfs over heel jonge kinderen. Nog even afgezien van het feit dat het behoorlijk lastig is om met zulke kinderen erbij les te geven aan een hele klas: wat moet er van deze kinderen worden als ze eenmaal volwassen zijn en nog steeds van die ideeën hebben? Ik krijg daar echt buikpijn van, want natuurlijk hechten ze meer waarde aan wat hun ouders en de mensen uit hun omgeving zeggen dan aan hun onderwijzers. Om van agenten nog maar te zwijgen.

Het is zeker zo dat scholen nog onvoldoende zijn ingericht op de veranderende eisen die de integratie van een steeds groter groeiende groep migrantenkinderen stelt. Het is geen eenvoudige opgave en zeker in de agglomeraties met veel migranten speelt de beschreven taalbarrière een rol.

Als er eenmaal een parallelle maatschappij is gevormd, dan is het voor het dagelijks leven helemaal niet meer nodig om Duits te spreken. Turks of Arabisch voldoet dan prima bij de bakker, bij de groenteboer en de kapper, maar ook bij het reisbureau en de advocaat. Dan wordt het zelfs voor geïnteresseerde en gemotiveerde kinderen lastig om Duits te leren, want dat zou betekenen dat ze zich moeten losmaken van hun familie, en dat lukt geen kind!

De genoemde demografische ontwikkelingen in gedachten houdend en de ontwikkelingen van de afgelopen jaren in ogenschouw nemend, waar ik nog maar zijdelings naar heb verwezen, zal ook de laatste dromer en wegkijker moeten toegeven dat de situatie behoorlijk ernstig is. Voor een betere integratie zijn de ouders onmisbaar. Het grootste knelpunt wordt hierbij ook meteen zichtbaar: telkens blijkt weer dat bij moslimgezinnen bij de opvoeding opvattingen worden doorgegeven die voor een deel onverenigbaar zijn met onze maatschappij, onze waarden en onze wetten.

Wanneer we de levens van jeugdige delinquenten beter bekijken, zijn er meerdere overeenkomsten te zien. De jongens worden vanaf hun vroegste jeugd enorm verwend en vertroeteld, bizar genoeg vooral door hun moeders, met wie ze al heel snel een loopje nemen. De moeders stellen vanaf het eerste begin geen grenzen en de vaders zijn weliswaar de baas in huis, maar bemoeien zich over het algemeen niet met de opvoeding. En als ze het doen, dan kiezen ze vaak voor discipline en geweld. Het gevolg is dat deze jongens meestal al op de basisschool, en soms zelfs al in de kleuterklassen, opvallend gedrag vertonen. De basis voor hun latere gebrek aan respect en hang naar geweld is dan al gelegd.

Als je die ouders daarmee confronteert, zoeken ze de oorzaak voor de problemen altijd bij het schoolsysteem, de school of bij individuele leraren. De verwijten variëren van onvermogen en benadeling tot racisme. De tegenwerpingen van de ouders dat 'het nog maar kinderen zijn' of dat 'hij thuis altijd heel gehoorzaam is', zijn zelden geloofwaardig. Vaak wordt er trouwens helemaal niet met school gecommuniceerd.

Over het algemeen houdt niemand de jongens thuis in de gaten (in tegenstelling tot de meisjes) en bepalen ze hun doen en laten al heel vroeg zelf. Wat school betreft valt de keuze vaak uit voor 'laten'. Deze kinderen gaan naar school zonder dat iemand ze goed duidelijk kan maken waarom eigenlijk. Ze spijbelen steeds vaker en hangen met vrienden ergens rond, zonder dat er thuis een haan naar kraait. Ook de schoolvakanties gelden bij deze gezinnen vaak meer als een grove richtlijn en oudergesprekken worden gezien als iets wat niet verplicht is en vaak komt men helemaal niet opdagen. Uiteindelijk moet zo'n leerling dan doubleren, als er voordien nog geen problemen zijn geweest vanwege diefstal of psychisch of fysiek geweld, want dan wordt er vaak een nieuwe school gekozen. Daarmee is het probleem niet opgelost, alleen verschoven, maar in eerste instantie is iedereen er gelukkig mee, niet in de laatste plaatst de school, die zo van een stoorzender is verlost.

Meestal leidt het echter niet tot verbetering. Integendeel: het gaat ten koste van het vermogen om relaties met anderen op te bouwen. Wie als probleemgeval van het kastje naar de muur wordt gestuurd, zal zich al snel afvragen: waarom ga ik eigenlijk naar school als ik er voortdurend wordt vernederd en nooit de erkenning zal krijgen die ik verdien? De enige vorm van respect die nog verdiend kan worden, wordt met geweld verkregen. Er zijn al tienjarigen die opvallen doordat ze medeleerlingen onder druk zetten, afpersen, schoppen en slaan. Vaak volgen daarop nog hardere geweldplegingen, met dreigementen. Vanaf dertien, veertien jaar komt daar dan nog seksueel geweld bij.

Jeugdige delinquenten zijn vaak blijven zitten op school.

Sommige ouders beseffen dat en reageren met een 'opvoedvakantie' in het land van herkomst, vaak zonder merkbaar effect bij terugkeer in Duitsland. Als de neerwaartse spiraal van zitten blijven en van school wisselen niet wordt doorbroken, eindigt de schoolcarrière meestal zonder diploma.

Dat betekent dat de kansen op een min of meer normaal leven in onze samenleving tot het nulpunt zijn gedaald. De ouders zijn niet meer ter verantwoording te roepen voor hun gebrek aan verantwoordelijkheid en de maatschappij moet maar zien hoe het probleem wordt opgelost.

De primaire socialisatie vindt plaats in het gezin. Ook de plek waar iemand wordt geboren en opgroeit, speelt een rol, omdat dit beïnvloedt hoe iemand omgaat met dingen als huidskleur, religie en dergelijke. Als iedereen in je omgeving hetzelfde is als jij, zul je het later moeilijk vinden mensen te accepteren die anders zijn; dat geldt net zo goed voor kinderen die opgroeien in een gouden kooi en per SUV van evenement naar evenement worden gereden als voor kinderen uit sociaal zwakkere milieus. Die laatsten hebben het echter vaak moeilijker omdat ze de eenvoudigste sociale regels niet kennen. Ook is geweld hun niet vreemd, zeker niet in de praktijk, zoals we al hebben gezien.

Vanaf een zeker moment ligt de grens tussen gezin en omgeving niet langer meer vast, maar toch blijft het gezin de grootste verantwoordelijkheid houden. Wat kinderen thuis niet leren, kan later in de omgang met anderen tot grote conflicten en problemen leiden. Als het gaat om integratie wil dat natuurlijk niet zeggen dat migranten hun kinderen zo moeten opvoeden dat ze hun herkomst volledig verloochenen en zo onopvallend mogelijk moeten assimileren.

Deze problemen kunnen ook voorkomen bij Duitse kinderen. Maar een groter bewustzijn van de eisen die men hier aan mensen stelt, zou al helpen. Aan de andere kant moeten we uitkijken dat mensen zich niet als slachtoffer gaan zien; dat is geen oplossing, maar leidt alleen maar tot een verergering van het probleem.

Waarom zijn de ouders zo moeilijk te bereiken en te beïnvloeden? Waarom weigert men zo hardnekkig samen te werken?

Terwijl bij Duitse sociaal zwakke gezinnen vaak gebrek aan opleiding, werkloosheid, jarenlange afhankelijkheid van sociale instellingen en alcoholisme als redenen kunnen worden aangevoerd voor het gebrek aan medewerking met scholen, is bij moslimgezinnen vaak het probleem dat men niet begrijpt wat verantwoordelijkheid precies inhoudt. Uit hun landen van herkomst is men gewend de opvoeding volledig aan instellingen over te laten, waarmee het het probleem wordt van kinderdagverblijven en scholen. De ouders voelen zich niet verantwoordelijk. Dat verklaart ook waarom deze ouders, als ze al met scholen communiceren, vaak alleen eisen stellen of met verwijten komen. Wanneer er problemen ontstaan, groeien die de ouders vaak boven het hoofd, omdat ze nooit hebben geleerd hoe ze constructief om moeten gaan met zulke situaties.

Als we de jongeren weer op het rechte pad willen krijgen, moeten we dus proberen de ouders mee aan boord te krijgen. Zolang we daar niet in slagen, is het voor scholen, kinderdagverblijven, jeugdzorg, politie, justitie en de rest van de maatschappij een hopeloze zaak.

Het volgende voorbeeld is bedoeld als illustratie van de culturele verschillen, in dit geval vooral met betrekking tot opvoeden.

Een Turks jongetje van een jaar of tien werd betrapt op winkeldiefstal. Nadat we hem naar het bureau hadden gebracht, belden we zijn ouders. Toen die kwamen, ging de moeder meteen naar haar zoon, knuffelde hem en kuste hem op zijn hoofd. Ze sprak hem in het Turks toe. Ik kon het niet verstaan, maar aan de vriendelijke toon en het bemoederen leidde ik af dat ze haar zoon troostte! Maar de jongen duwde zijn moeder weg en gaf haar met een minachtende blik te verstaan dat ze zich koest moest houden. De vader zweeg in alle toonaarden.

Ik keek het gedrag van de ouders een tijdje aan. Het was duidelijk wie er de baas was. Het kind! De ouders beschouwden hem als een kleine pasja, die hooguit een foutje had begaan, niet iets waar hij voor gestraft hoefde te worden.

Toen ik de vader vroeg of hij niet met zijn zoon wilde praten en hem de les wilde lezen, antwoordde hij: 'Maar wat moet ik dan doen?'

Dat deed voor mij de deur dicht en ik voerde een opvoedkundig gesprek met hem waarin ik uitlegde dat zij, en niet de politie, verantwoordelijk waren voor de opvoeding van hun kinderen. Weliswaar kon ik ze nu wat advies geven en de jongen waar nodig met straffen kort afschrikken, maar dat was het wel. Ik voorspelde de ouders dat als ze op deze wijze door zouden gaan met (niet) opvoeden, de jongen vast en zeker op het criminele pad zou blijven. Het begint met kruimeldiefstal en eindigt met roofovervallen. Maar ze wilden me niet geloven.

Wanneer we naar de extreme gevallen kijken, jeugdige recidivisten en veelplegers[4], dan kunnen we niet om Kirsten Heisig heen. Zij was tot aan haar voortijdige dood in 2010 een van de meest geëngageerde jeugdrechters van Duitsland. Het 'Nieuw-Keulse model' waarmee zij (met haar collega Stephan Kuperion) het groeiende probleem van de jeugdige geweldplegers aanpakte, leidde bij de invoering in datzelfde jaar tot hevige discussies.

Ik vind het model een goed uitgangspunt, omdat het is gebaseerd op een snel proces en consequente vonnissen, met een op de praktijk gerichte en pragmatische samenwerking van alle 'betrokken' instanties, van school en jeugdzorg tot politie, Openbaar Ministerie en justitie. Uit eigen ervaring kan ik de meeste inzichten die Kirsten Heisig omschreef over dit model in haar boek *Das Ende der Geduld* alleen bevestigen en ik zou het fantastisch vinden als het ook buiten Berlijn werd toegepast (bij mijn weten wordt het verder alleen in delen van Beieren gebruikt).

Kirsten Heisig bewandelde een ongebruikelijke, voor veel mensen ongemakkelijke weg: ze probeerde bureaucratische hindernissen te omzeilen en de jongeren rechtstreeks te bereiken. Ze was het beu de platgetreden wegen van het juridische systeem te bewandelen, omdat die volgens haar de problemen duidelijk niet verhielpen, en stak de handen uit de mouwen. Ze was er vast van overtuigd dat ze met snelle vonnissen en waar nodig harde, maar rechtvaardige, straffen kon ingrijpen in de opvoeding. Voorwaarde voor het slagen van het model was in haar ogen zowel de nauwe samenwerking met de politie als preventief werk met de

4 Er bestaat in Duitsland geen definitie voor de begrippen 'recidivist' en 'veelpleger' en ze worden van regio tot regio anders gebruikt, vaak ook als synoniemen. Volgens de politiestatistieken begaan recidivisten twee tot vier strafbare feiten per jaar, veelplegers vier of meer per jaar.

ouders van jeugddelinquenten. Om een beter beeld te krijgen van de leefomstandigheden van de jongeren ging ze ter plekke kijken, ging ze zelf naar de sociaal zwakkere milieus en scholen, praatte ze met docenten en probeerde via verschillende wegen contact op te nemen met de ouders, bijvoorbeeld via Turkse of Arabische verenigingen.

Daarmee zijn we weer terug bij de vraag hoe we erin kunnen slagen degenen die voor de opvoeding verantwoordelijk zijn aan boord te krijgen. Het zou natuurlijk het mooist zijn als de ouders dat vrijwillig deden, maar in de beschreven situatie valt niet op veel inzicht te rekenen, zeker niet als de ouders ouderwetse opvattingen over opvoeden hebben. Maar het moet natuurlijk wel worden aangeboden. Als de ouders dan nog niet willen begrijpen wat het tweede deel van het woord 'leerplicht' in de praktijk voor hen als opvoeders betekent, resten er volgens mij alleen nog sancties. Dus ook voor bijstandstrekkers, ook voor migranten. Zonder school geen opleiding, zonder opleiding geen deelname aan de maatschappij.

Voordat er sancties worden opgelegd, moet echter bij de eerste aanvaring met de wet een verplicht gesprek plaatsvinden met de ouders. Liefst zo snel mogelijk nadat de politie hiervan kennis heeft genomen. Als bijvoorbeeld leraren en agenten samen bij zo'n gesprek aanwezig zijn, geeft dat een duidelijk signaal af: school en politie werken samen, ze menen het serieus. De aanwezigheid van een schoolpsycholoog zou ook mooi zijn, als die er is.

Deze gesprekken met ouders zouden, afhankelijk van de ernst van de overtreding, geen eenmalige actie moeten zijn, maar gedurende een langere periode moeten plaatsvinden, telkens met aanwezigheidsplicht, telkens met dezelfde gevolgen als er geen gehoor aan wordt gegeven. Als er niet wordt meegewerkt, dreigen bijstandskortingen of een boete. Helaas is dat de taal die overal gesproken wordt. Kirsten Heisig had in elk geval de ervaring dat boetes meestal pas werden betaald als ze met een week gevangenisstraf dreigde bij niet betalen. Als de staat een uitbetaling moet doen, lukt het tenslotte ook om aan de gevraagde eisen te voldoen, dus waarom zou dat niet geëist kunnen worden als het gaat om het welzijn van het eigen kind?

Ik vind dat ouderlijke tekortkomingen veel te lang door de vingers worden gezien. Als kinderen al een duimendik dossier hebben voor ze meerderjarig zijn, zouden de ouders van die probleemgevallen eigenlijk al veel eerder ter verantwoording geroepen moeten worden. Het wordt dan snel duidelijk wie er mee wil werken en wie niet – hier zou vanaf het begin veel meer geëist kunnen worden. Naarmate de tijd verstrijkt wordt het probleem namelijk exponentieel groter: het gebrek aan medewerking wordt dan als het ware doorgegeven aan de kinderen, die zich jarenlang hebben kunnen oefenen in hun slachtofferrol. De lokale wetten worden net zo weinig opgevolgd als de lokale waarden worden nageleefd. Wij zouden daar veel feller op moeten zijn, zolang we ze zelf nog hebben.

Bij de sancties moet zeker niet in de laatste plaats rekening worden gehouden met de afschrikkende werking, want daarmee houden we ook ongeïnteresseerde ouders bij de les. Minderjarige delinquenten zijn op dit moment nauwelijks te raken. Voordat zwaardere straffen dreigen, zijn ze al ruimschoots in aanraking geweest met maatschappelijk werkers, anti-agressietrainingen en psychologen. Die laatsten zien slachtoffers van misdrijven in ons land trouwens aanzienlijk minder vaak dan de daders, wat eigenlijk ook niet zou moeten mogen!

Door mijn praktijkervaring kan ik het absoluut niet eens zijn met het standpunt van sommige misdaaddeskundigen dat een 'afwachtende strategie' tot betere resultaten leidt en mildheid zich terugbetaalt. Dat zijn romantische ideeën uit lang vervlogen tijden. Ik zou die heren willen aanraden, net als Kirsten Heisig, wat vaker in de brandhaarden te gaan kijken en daders en slachtoffers in hun eigen omgeving te ontmoeten. Misschien krijgen ze dan een wat andere kijk op de zaak dan vanachter hun bureaus.

De ernst van het probleem met jeugddelinquenten blijkt wel uit de cijfers: het aantal ernstige delicten met zwaar letsel is tussen 2003 en 2012 met 24 procent gestegen. Bijna de helft van alle verdachten is jonger dan 21 jaar. Deze 'ranglijsten' worden gedomineerd door mannen van Turks-Arabische afkomst.

Kirsten Heisigs collega, de jeugdrechter Stephan Kuperion, bevestigt dit: 'Er is een tendens waarneembaar waarbij daders tot steeds zwaardere vormen van letsel overgaan. Dat moeten we een halt toeroepen. We moeten consequent zijn en we moeten snel zijn. Maar we moeten ook hard kunnen zijn. Ik ben, net als mevrouw Heisig, geen voorstander van harde straffen, maar ik vind wel dat we ze allemaal moeten vastzetten.' Daar zit vooral een pedagogische redenering achter, die Kirsten Heisig als volgt omschreef: 'Ik zeg altijd: bajes light of een snuffelcursus vrijheidsberoving. Iemand die aan het begin staat van een criminele carrière is er meer bij gebaat op veertien-, vijftienjarige leeftijd even de cel in te gaan dan nog drie jaar te wachten en hem dan voor vijf jaar op te sluiten in een jeugdgevangenis.'

Aan de jeugdige geweldsdelinquenten is af te lezen met welke problemen we te maken gaan krijgen als we er niet in slagen de ouders te laten integreren. Uit zichzelf zullen de problemen niet minder worden en voor het tegendeel valt te vrezen. Dat wil natuurlijk niet zeggen dat achter iedere luidruchtige jongen met een Zuid-Europees uiterlijk meteen ook een veelpleger schuilgaat, die we moeten opsluiten voor hij onheil kan aanrichten. Toch ontmoet ik veel burgers die moeite hebben met het opvallende temperament van deze jongeren, dat al evenzeer in hun cultuur verankerd lijkt te zijn als de manier van opvoeden. Of: angst aanjagen, lawaai maken, joelen, pesten, nog voordat er iets feitelijks gebeurt, als het al gebeurt. Al die afleidingsmanoeuvres ken ik, ik maak ze haast dagelijks mee. Ze behoren tot het standaardrepertoire en de migranten geven er graag als verklaring voor dat het nou eenmaal 'bij onze cultuur hoort'. Wat dat betreft ben ik het volledig met ze eens. Het is echt iets van hun cultuur, maar helaas spreekt er ook een gierend gebrek aan respect voor de ander uit. Zwakke, stille, voorzichtige en bange mensen zijn automatisch het slachtoffer. Wie slachtoffers beschermt, maakt zichzelf tot vijand. Daarvoor hoef je niet eens herkenbaar te zijn als politieagent.

Ik kan me zo kwaad maken wanneer ik soms privé met het openbaar vervoer reis en zie hoe vooral moslimjongeren zich gedragen. Ze praten in hun *Kanak Sprak*, een straattaal van half Duits, half Turks. Iedere Duitser heeft het wel eens gehoord. Nou ja, dat is op het randje. Maar op een gegeven moment beginnen ze te provoceren, gewoon zomaar, zonder dat ze specifiek iemand op het oog hebben. Ze zeggen luid en duidelijk 'klote Duitsers' of 'dit kloteland'. En dat is dan nog vrij onschuldig. Wat doen de andere reizigers ondertussen? Niets. Ze kijken bedremmeld naar hun schoenen. Niemand, werkelijk niemand bemoeit zich ermee. De mensen zijn bang om zich ellende op de hals te halen. De media staan tenslotte vol berichten over geweld in de metro. Of, nog erger, het kan ze niets schelen. Hoe dan ook is het gevolg dat niemand zich meer veilig voelt als dit soort jongeren een bus, een treinstel of een openbare ruimte betreden. Zonder enig tegenstribbelen krijgen ze de heerschappij over een gebied, wat ze alleen maar versterkt in hun gedrag. Wat dat betekent voor jongeren die verder weinig erkenning krijgen, op school niet en thuis niet, kan iedereen bedenken. Ze worden beloond voor hun vertoon van macht en geweld. Onze angst is hun valuta.

Als ik dit meemaak, wijs ik die jongens (er zijn bijna nooit meisjes bij) op felle en zelfverzekerde toon terecht. Wanneer je zwakte toont, heb je al verloren en volgt belediging op belediging. Als je pech hebt, blijft het daar niet bij, maar meestal gedragen ze zich beter na zo'n terechtwijzing, al ben ik me er altijd van bewust dat ze me zouden kunnen aanvallen. In het ergste geval word ik dan in elkaar geslagen, zonder dat ik hoef te rekenen op hulp van mijn medereizigers. Gelukkig kon ik tot nu toe dankzij mijn beroepservaring de situatie goed inschatten, maar voor gewone burgers ligt dat anders. Bij twijfel moet ik het mensen dan ook afraden om onbesuisd te handelen. Dergelijke jongeren wachten gewoon tot iemand verkeerd reageert, zodat ze een excuus hebben er een schepje bovenop te doen. Als de situatie uit de hand loopt en ze een slachtoffer hebben gevonden, kan de vlam zo in de pan slaan en kan het eenvoudig op geweld uitlopen. Ga er in dit soort situaties niet alleen op af, zelfs niet als u ervaring heeft met vechtsporten. Deze jongeren kunnen best een mes of een ander wapen bij zich hebben. Zoek oogcontact met andere reizigers, zoek geestverwanten. Lukt dat niet, bel dan om hulp, liefst zo onopvallend mogelijk, zodat u zelf geen doelwit wordt.

Dat dominante gedrag heeft in essentie maar één doel: machtsvertoon. Naar twee kanten. Naar buiten geeft het aan: 'Wij zijn hier de baas,' en naar de eigen groep: 'Ik ben hier het alfamannetje.' Het is dus, even los van de echte oorzaken voor dit gedrag, eigenlijk niets anders dan een dom spelletje om macht en status.

Wie het niet lukt zijn status te behouden of te vergroten, verliest zijn gezicht. Een gekwetste eer, een onderwerp dat vaak terugkeert, wordt werkelijk als een diepe wond gevoeld (meer hierover in het volgende deel). Het zijn wonden die in sommige gevallen een leven lang niet meer helen, afhankelijk van hoe diep de overtuiging van dit wereldbeeld geworteld is. In het dagelijks leven van deze jongeren leidt dit dominante gedrag vaak tot affectief, spontaan, ongepland geweld. Op openbare plekken, in parken en bij scholen is dit de meest voorkomende vorm van geweld, evenals in probleemwijken, waar vechtpartijen niet ongewoon zijn. De daders zijn overwegend mannen uit de leeftijdsgroep 14 tot 25.

Die neiging tot dominantie is niet alleen een kenmerk van puberende jongeren, voor wie het in zekere zin normaal is. Het wordt niet alleen veroorzaakt door onbeheersbare hormonen, maar ook door vaste voorstellingen, overgeleverde tradities, archaïsche wereldbeelden. Wie met geweld is opgegroeid of, om het iets minder krachtig uit te drukken: voor wie geweld als opvoedmiddel niet vreemd is, kan geweld een voor de hand liggend middel zijn om problemen op te lossen. Zeker wanneer iemand verder weinig andere middelen heeft om de problemen te lijf te gaan.

Stom genoeg is gezichtsverlies bij conflicten nauwelijks te vermijden - een van de twee partijen is altijd de klos. Voor de verliezer kan de gekwetste eer ernstige gevolgen hebben, omdat het om een uiterst emotioneel beladen zaak gaat. Zelfs wanneer er daarnaast ook sprake was van fysiek geweld, weegt de psychologische vernedering veel zwaarder. Wat zijn nou een paar gebroken botten vergeleken met eerverlies?

In deze culturen ontbreekt het in dit opzicht vaak aan empathie; alleen status telt. Dat verklaart ook waarom daders van geweldpleging vaak zelf ook geweld hebben meegemaakt, binnen het gezin of in hun directe omgeving. Het gebrek aan inlevingsvermogen is dus aangeleerd. Wie daarmee opgroeit, kan moeilijk aan die vicieuze cirkel ontsnappen. Dat is precies het dilemma waar veel moslimjongeren mee te maken hebben, zolang we ze niet helpen die cirkel te doorbreken.

Ook gevoelens van minderwaardigheid en faalangst kunnen leiden tot geweld. Een andere belangrijke oorzaak is pure verveling, vooral bij jongeren. Ze weten gewoon niet wat ze moeten doen, hebben geen idee wat ze met hun leven aan moeten (wat ze ook weer gevoeliger maakt voor extremistisch gedachtegoed). Het klinkt banaal, maar verveling is een serieus probleem voor deze jongens. Helaas kunnen ze er niets anders op verzinnen dan hun gebruikelijke machtsspelletjes.

Of het nu wordt veroorzaakt door de cultuur of door het gebrek aan uitzicht, bij jeugddelinquenten is geweld vaak een roep om hulp. Ze zijn wanhopig op zoek naar erkenning. Als ze die thuis en op school of waar dan ook niet krijgen, gaat het snel bergafwaarts. Stukgeslagen dromen leiden tot hevige reacties met geweld, waarmee ze hun omgeving teleurstellen, die ze vervolgens echt geen erkenning meer geeft.

Gezichtsverlies leidt tot affectief geweld, geweld dat niet is gepland maar dat spontaan ontstaat. Het zijn precies deze situaties die zonder vooraankondiging escaleren. Zelfs wanneer we ons bewust zijn van de relatie tussen dominant gedrag en eergevoel (en ik heb het al vaker meegemaakt dan me lief is) blijft het ongelofelijk moeilijk het moment te herkennen dat het lont in het vat valt en het conflict explodeert.

In de praktijk kunnen wij als agenten dan meestal niets anders doen dan de-escaleren; geen risico aangaan. Met als gevolg dat we ons vroegtijdig moeten terugtrekken om slachtoffers aan beide kanten te voorkomen. Dat de anderen onze aftocht zien als een bevestiging van hun eigen respectloze gedrag, is een treurige realiteit die de hele problematiek nog verder op de spits drijft. Het is alsof zij ons gezichtsverlies hebben laten lijden. In hun simpele wereldbeeld van sterk en zwak wordt dat natuurlijk gezien als een gigantisch succes.

Dat moet je uiteraard niet voor jezelf houden. 'Doe goed en praat daar ook over' is een oude marketingwijsheid die zelfs de jongsten kennen. Dankzij de sociale media is dat tegenwoordig ook niet meer zo moeilijk; nieuws verspreidt zich razendsnel. Bij de volgende confrontatie wordt dan geprobeerd de grenzen nog een beetje verder op te rekken, alsof het een spelletje is waarbij er maar één verliezer kan zijn. Daar komt nog bij dat de andere partij heel bewust het voordeel uitbuit dat minderjarigen niet vervolgd kunnen worden. Dat hebben ze van hun 'grote broers' geleerd, en we staan er machteloos tegenover.

Deze vorm van geweld is anders dan strategisch geweld of idealistisch geweld. Strategisch geweld zien we bijvoorbeeld bij roof, verkrachting of diefstal. Dat gaat gepaard met een hoge criminele energie, die vaak ontstaat uit overlevingsdrang. Idealistische daders, zoals van de NSU of Anders Breivik, handelen evenmin spontaan, maar hierbij ligt de situatie vaak ingewikkelder. Enerzijds gaat het om overtuigingen, maar anderzijds zijn er ook vaak emoties in het spel. Van empathie is in de regel echter geen sprake, want de dader voelt zichzelf slachtoffer en ziet daarin legitimatie voor zijn daden, of dat nu schietpartijen zijn of zelfmoordaanslagen, politiek extremisme of eremoorden. Met deze vormen van geweld hebben we godzijdank maar zelden te maken.

Laten we het tot slot nog een keer hebben over de cruciale rol van de ouders. Om hun kinderen een echte kans op integratie te geven, moet iedereen ervan overtuigd zijn dat dit alleen mogelijk is met behulp van school en opleiding. Als de kinderen in dat opzicht geen steun krijgen van thuis, ligt frustratie op de loer. Ook emotionele ondersteuning is belangrijk, want geen enkele schoolcarrière gaat alleen maar steil omhoog. Wanneer de gezinnen bereid zijn het thuis ook over school te hebben, vergroot dat de kansen op succes, ongeacht het opleidingsniveau van de ouders.

We hebben nu in grote lijnen gezien wat de gevolgen kunnen zijn van mislukte integratie. Maar uiteindelijk worden jongeren volwassenen, die hun overtuigingen in de praktijk brengen en verder verkondigen. Dan worden het de echte hoofdrolspelers in het drama rond eer, familie en patriarchaat.

'HET GAAT OM ONZE EER' – DE MACHT VAN DE FAMILIE, DE MACHT VAN DE VADERS

De ramp die zou kunnen ontstaan door de jongeren die voor ons verloren zijn gegaan, neemt steeds vastere vormen aan. Zeker de combinatie van een archaïsch wereldbeeld en mislukte dromen kan jongeren het gevoel geven dat ze uitgesloten worden, ongewenst zijn en totaal kansloos. Natuurlijk worden niet al die jongeren meteen extremisten of geweldplegers, maar de problemen zijn vaak al in de kiem aanwezig en zouden bij consequent optreden voorkomen kunnen worden, althans voor een deel. Het is dus des te vervelender als deze jongeren alsnog crimineel gedrag gaan vertonen.

Het schijnt dat in Berlijn ongeveer 80 procent van de jonge geweldplegers van Turkse of Arabische afkomst is. Het zal veel slachtoffers worst zijn of ze door Duitse neonazi's of door migranten in elkaar zijn geslagen, maar voor het onderzoek naar de oorzaken maakt het wel uit, als we vat willen krijgen op het integratieprobleem.

In het vorige deel hebben we gezien dat juist bij de jeugddelinquenten de oorzaken in de familieomgeving liggen, dat ze als het ware met de paplepel worden ingegoten. Dat het juist voor migranten met een moslimachtergrond zo moeilijk is ook als volwassene die opvoeding los te laten, heeft te maken met de allesomvattende macht van families. Vooral voor vrouwen is het vrijwel onmogelijk op eigen kracht los te komen. Opnieuw staat de cultuur aan de basis van het probleem.

Veel conflicten die worden veroorzaakt door een andere culturele traditie zijn volkomen onschuldig en soms doen ze zelfs wat grappig aan. Tijdens mijn diensten heb ik het bijvoorbeeld al heel vaak meegemaakt dat we als agenten te horen kregen dat we onze schoenen uit moesten doen wanneer we een huiszoeking wilden plegen. Een voorbeeld.

Een man van Turkse afkomst had de politie gebeld in verband met geluidsoverlast. Ter plekke moest ik zien te ontdekken waar het geluid vandaan kwam en daarom het huis van de beller binnengaan. Eigenlijk was het een heel normale routineklus. Tot de man me beval mijn schoenen uit te doen. Ik legde hem uit dat ik respect had voor dit gebruik, privé. Tijdens het werk kunnen mijn collega's en ik gewoon niet onze schoenen uittrekken. Onze eigen veiligheid gaat altijd voor, daar kunnen we geen uitzonderingen op maken. Ik probeerde dat uit te leggen, maar het interesseerde hem niet. Hij zei alleen maar: 'Met schoenen aan komt u hier niet binnen. Zo gaat dat in onze cultuur!'

Vroeger zou ik zo'n felle reactie misschien hebben afgedaan als grap, maar omdat ik de afgelopen jaren genoeg ervaring heb opgedaan met dit soort situaties, wist ik dat hij zich niet zozeer druk maakte om het straatvuil onder onze schoenen als wel om een soort symbolische bevuiling. Je schoenen uittrekken is een teken van eerbied voor Allah. De man kon niet over de schaduw van zijn eer, zijn traditie of zijn religie heen stappen. Het uittrekken van onze schoenen woog voor hem zwaarder dan de geluidsoverlast. Omdat we niet konden achterhalen waar de geluidsoverlast vandaan kwam zonder zijn huis binnen te gaan, moesten we onverrichter zake weer vertrekken.

'Zo gaat dat in onze cultuur!' of gewoon: 'Zo doen wij dat nou eenmaal!' zijn veelgehoorde excuses. Niet alleen bij het uittrekken van schoenen, want dat is in meerdere culturen de gewoonte. Maar bijvoorbeeld bij het luidkeels discussiëren of de omgang met vrouwen. Wie doorvraagt over die gewoonten, stuit op verontwaardiging. Als Griekse heb ik wel wat ervaring met luidkeels discussiëren, en het kost me minder moeite dan sommigen van mijn collega's om me hoorbaar te maken. Natuurlijk ben ik ook bekend met het zenuwslopende uitwisselen van argumenten volgens het principe 'wie het hardst praat, heeft gelijk', en ik weet dat steeds meer collega's gewoon geen zin meer hebben in dit soort discussies, die alleen maar vermoeiend zijn en nergens toe leiden.

Want dat is precies de reden voor deze strategie: wie met luide stem en drogredenen is suf gepraat, vergaat de lust dingen consequent uit te voeren. Als ik als surveillant eerst een halfuur lang de gemoederen moet bedaren om een onbenullige overtreding als foutparkeren, dan is wel duidelijk dat mijn discussiepartners hopen dat ik de volgende keer een oogje zal toeknijpen voor het hele circus weer van voren af aan begint.

Deze strategie is ontstaan omdat ze buitengewoon succesvol is. En zoiets raakt gauw bekend.

Het uitgaansgebied van Bochum is een spreekwoordelijke Bermudadriehoek. Zoals in elke binnenstad zijn er ook in Bochum parkeerproblemen. Het is dus onvermijdelijk dat de gemoederen hoog oplopen onder iedereen die te lui is om te lopen en iedereen die zich sowieso niet graag aan de regels houdt. In een van de straten met doorgaand verkeer zit de ene na de andere shishabar, dönertent en dergelijke. Daarom zijn daar ook naar verhouding veel Turks-Arabische mannen te vinden. Bij mooi weer worden er tafeltjes en stoeltjes buiten op het trottoir gezet zodat de klanten de gebeurtenissen op straat kunnen bekijken en precies kunnen zien wanneer de politie komt.

In deze straat geldt een beperkt stopverbod. Dat heeft een reden, want zodra er een auto langs de stoep parkeert, kan het verkeer niet meer doorstromen. Vooral in het weekend ontstaan er hier daardoor opstoppingen en absolute verkeerschaos. Dat weerhoudt de 'stamgasten' die urenlang rondhangen in de bars er niet van hun auto's toch gewoon te parkeren. Het is een soort spel geworden: omdat ze de hele straat kunnen overzien, springen ze snel in hun auto zodra ze een patrouillewagen zien aankomen en parkeren ze hem ergens anders. Zodra de politie weg is, zetten ze hun auto weer op precies hetzelfde plekje.

In het begin gaf ik die types een mondelinge waarschuwing als ze bij hun auto waren, of ik zei helemaal niets omdat ze hun auto al hadden weggezet wanneer ze ons hadden zien aankomen. Toen ik eenmaal in de gaten had dat het altijd om dezelfde auto's ging met dezelfde bestuurders, gaf ik niet langer een waarschuwing, maar slingerde ik ze meteen op de bon. Op de mondelinge waarschuwingen reageerden ze meestal nog vrij beleefd, maar dat veranderde daarna.

Niet dat ze boos waren, daar zou ik alle begrip voor hebben, want niemand tast graag in de buidel. Zelfs de redelijkste mens ergert zich daaraan, vooral omdat het vaak zo eenvoudig te vermijden is. Maar daar bleef het niet bij: er ontsponnen zich direct eindeloze discussies, waar meerdere mensen op afkwamen. Deze 'vrienden' van de betrokkenen, die er verder niets mee te maken hadden, mengden zich op luide toon in het gesprek en oefenden druk uit om ons bang te maken, opdat we de bon weer zouden intrekken.

Hoe vaak zal de politie nog parkeercontroles uitvoeren als dit de reactie is? Doen ze niets, dan leidt het tot anarchie. Doen ze het regelmatig en consequent, dan wordt dat algemeen bekend en zijn de reacties niet meer zo offensief. Het gaat er dus om wie de langste adem heeft.

Door de stijgende werkdruk en dalende personeelsaantallen is het haast onmogelijk telkens weer voldoende tijd te besteden aan dit soort problemen. Wanneer we onze aandacht verleggen naar dingen die eigenlijk belangrijker zijn, laait het bestaande conflict binnen de kortste keren weer opnieuw op en moeten we weer helemaal van voren af aan beginnen met consequente acties. Het is een probleem zonder oplossing, een vicieuze cirkel, een grote bron van ergernis.

Zwaardere straffen, bijvoorbeeld 500 euro voor recidivisten van parkeerovertredingen, zouden misschien werken. Maar die kunnen we (nog) niet opleggen en dus komen de veroorzakers van alle overlast er goedkoop mee weg. Ik treed inmiddels keihard op: ik geef niet alleen waarschuwingen, maar laat recidivisten consequent wegslepen om een signaal af te geven. Die bijna 200 euro 'extra' voor het wegslepen doen dan tenminste nog een beetje pijn. Het succes van het consequent handelen geeft me gelijk. Voor zo lang het duurt althans, tot andere zaken weer prioriteit opeisen.

Leken en buitenstaanders denken nu misschien dat ik een voorstander ben van harde maatregelen. Laat ze toch lekker foutparkeren, wat zou het? Maar het foutparkeren is mijn minste probleem en ook de verkeerschaos die hierdoor regelmatig ontstaat bezorgt me geen slapeloze nachten. Ik maak me zorgen om wat erachter schuilgaat en wat de beschreven voorbeelden tot nu toe misschien niet genoeg duidelijk hebben gemaakt.

De grens tussen gewoon irritante conflicten, waar je eigenlijk alleen om kunt lachen, en minachting van wetten en normen en waarden is helaas aan het vervagen. Het gaat niet alleen om het uittrekken van schoenen en foutparkeren, het gaat om voortdurende provocaties en gebrek aan respect, waarbij telkens weer emoties en temperament worden aangevoerd als verklaring. Dat is echter geen verklaring, maar alleen de manifestatie van het probleem. Het wordt gebruikt om de aandacht af te leiden van waar het werkelijk om gaat.

Een aanknopingspunt, dat al wat dichter bij de kern komt, is de veel genoemde 'eer', al is niet helemaal duidelijk wat daar precies mee wordt bedoeld. En dat wil men graag zo houden. Wie niet uit dezelfde cultuur komt, kan het niet begrijpen, wordt er vaak gezegd. Alsof het een hogere intelligentie vereist of iets genetisch is. Volgens mij wordt het schijnargument van eer ook regelmatig naar voren geschoven als rookgordijn om de ware redenen te verhullen, omdat het dan vaak gaat om strafbare feiten. Of in elk geval om zaken die niet zo prettig zijn. De 'cultuurkaart' is een soort troef die gespeeld kan worden om niet persoonlijk ter verantwoorden geroepen te worden. Zelfs voor de derde generatie is hij nog even succesvol als voor de eerste.

Een verkeerde blik en je lijdt al gezichtsverlies. Iemand is vernederd en in verlegenheid gebracht. Of er echt iets is gebeurd en wat de ander precies heeft gedaan, spelen daarbij niet altijd een doorslaggevende rol. Het gaat erom dat de eigen eer gered wordt. En de familie-eer. Vergelding is daarbij het sleutelwoord.

Overdrijf ik nu? Helaas niet. Zelfs na tientallen jaren in het Westen houden de ideeën van de voorvaders (minder van de 'voormoeders') stand en blijven ze onaantastbaar. Het is niet verstandig daar vraagtekens bij te zetten, want dat geeft alleen maar ellende. Wat mij betreft zijn discriminatie en benadeling op grond van afkomst net zo laakbaar als het kritiekloos in stand houden van culturele gewoonten. Niet als ze al zo oud zijn. En al helemaal niet wanneer we bij het oplossen van conflicten steeds weer tegen dezelfde verklaringen aanlopen. Bijvoorbeeld binnen families.

We hebben in Duitsland een tamelijk geïdealiseerd beeld van het gezin en van de familie: het staat voor geborgenheid binnen een kring van naasten, voor samen eten en gezellig bijeenzijn aan lange tafels (in de zomer in een boomgaard buiten, in de winter bij een knus knapperend vuurtje), voor hulp, bescherming en blind vertrouwen. Dat is echter pure romantiek, in de stijl van Hollywood.

In islamitische kringen ziet de werkelijkheid er anders uit. Weliswaar zit men ook hier 's zomers graag met z'n allen rond de barbecue, voor romantiek is weinig plek. De rollen zijn duidelijk verdeeld, net als de rechten en plichten. Over het algemeen hebben mannen rechten, vrouwen alleen plichten. Kortom, het is een patriarchaat. De mannen nemen alle belangrijke besluiten en zijn daarmee duidelijk hoofdverantwoordelijk. Wanneer we het hebben over culturele beïnvloeding, dan moeten we de invloedrijkste figuren benoemen, en dat zijn in eerste instantie de vaders.

We hebben hier te maken met een machocultuur. Dat klinkt vrij onschuldig, maar in mijn ogen is dat een cultuur van geweld en angst, anders kan ik het niet omschrijven.

Het gebrek aan vrijheid binnen deze families maak ik elke dag weer mee. Zelfs de patriarch is gevangen in zijn rol; hij moet doen wat van hem wordt verlangd, wat de traditie verlangt. Of de eer. Een mens wordt hier minder gedefinieerd door zijn karakter als door zijn rol en functie, die hij binnen de familie moet vervullen. Je bent hier geen vrouw, maar dochter, zus, moeder. Je bent geen man, maar zoon, broer, vader. Zelfbeschikking speelt hier een ongelofelijk kleine rol.

Met de mannen kan ik meestal maar weinig medelijden hebben, maar hun situatie toont wel aan tot welke (zelf veroorzaakte) conflicten deze rolverdeling leidt (moet leiden) binnen een op vrijheid gebaseerde maatschappij. Niet zelden heeft het absurde situaties tot gevolg. Mijn collega's en ik achtervolgden na een roofoverval twee zuidelijk uitziende mannen, die we op heterdaad hadden betrapt. Gelukkig konden we ze vrij snel aanhouden in een woonwijk in de buurt van het misdrijf. Onze vreugde was echter maar van korte duur. Een van de daders bleek zich meer druk te maken over het feit dat de buren konden zien dat hij problemen had met de Duitse politie dan dat hij gesnapt was. We moesten er maar begrip voor opbrengen dat hij zo gezichtsverlies zou lijden; zijn familie-eer ging door het slijk als we hem niet onmiddellijk ergens anders naartoe brachten. Ik snapte er niets van. De toestand van het gewonde en beroofde slachtoffer kon hem niets schelen. Zijn 'gezicht' was belangrijker. Hij had een medemens vermoedelijk voor altijd getraumatiseerd, maar had toch nog het lef eisen te stellen en te praten over 'familie-eer'. Natuurlijk arresteerden we hem ter plekke.

Ook ik vind familie heel belangrijk. Maar er zijn opvattingen en rechten die belangrijker zijn. 'De menselijke waardigheid is onaantastbaar' is er daar een van (Duitse Grondwet, artikel 1, lid 1). Het recht op zelfbeschikking, gelijke rechten voor man en vrouw, vrijheid van meningsuiting, het recht op lichamelijke integriteit, enzovoort, enzovoort. Wat mij betreft is ook nog lid 2 van hetzelfde artikel 1 het vermelden waard: 'Het Duitse volk erkent de onaantastbare en onvervreemdbare mensenrechten als basis voor elke menselijke samenleving, voor vrede en rechtvaardigheid in de wereld.' Is dat werkelijk te verenigen met 'familie-eer' zoals die op sommige plekken in Duitsland wordt nageleefd?

Ik heb daar zo mijn twijfels over. Wat mij betreft staan hier twee visies lijnrecht tegenover elkaar. Zolang er daarbij geen duidelijke grenzen worden getrokken waar iedereen zich aan houdt, zijn conflicten onvermijdelijk. Vooral bij het stellen van grenzen gaat het mis, dat ondervind ik vaker dan me lief is. Voor veel moslimmigranten schijnt aanpassen niet wenselijk of uitvoerbaar te zijn. We maken het helaas maar al te vaak mee dat onder het motto 'familie-eer' geprobeerd wordt strafbare feiten af te doen als privéaangelegenheden, en dat strafrechtelijke vervolging van die feiten wordt uitgelegd als gebrek aan respect voor culturele of religieuze eigenaardigheden of meteen als racisme.

Wat mij betreft wordt er een dubbele moraal gehanteerd, of het nu opzettelijk wordt gedaan om de politie te misleiden of dat men zich er werkelijk niet van bewust is. De leden van deze families vinden namelijk vaak dat ze absoluut in hun recht staan en tonen totaal geen begrip voor het Duitse recht. Uit diepe overtuiging.

Dat wordt vooral lastig als zo iemand een Duits paspoort heeft. Dat zo'n paspoort allerlei rechten inhoudt, snappen de meeste mensen vrij snel, maar dat ze daarmee ook plichten in huis halen en dus ook verantwoordelijkheid hebben ten aanzien van onze maatschappij, dringt niet altijd door. Men zit sterk vast in familierollen, want die houden al genoeg verplichtingen in.

Laten we nog eens terugkeren bij het onomstreden familieopperhoofd: de patriarch. Hij heeft zijn macht uitsluitend te danken aan zijn geslacht. De spelregels liggen van meet af aan vast. Ze worden van jongs af aan aangeleerd en het is onmogelijk ze niet te leren, want op de naleving wordt streng gelet, vaak met geweld. Althans aantoonbaar vaker dan in Duitse huishoudens en ook niet alleen in gezinnen die als asociaal worden bestempeld. Het patriarchale systeem duldt geen afvalligen, en het moet dan ook heel consequent worden aangepakt; een andere taal kent dit systeem niet. Dit is nadrukkelijk geen oproep tot geweld, maar tot consequentie. Voor mij is dat iets heel anders.

Wanneer we steeds weer tolerant en begripvol reageren, zonder zelfs maar duidelijke grenzen te stellen voor recidivisten en die consequent aan te houden, dan maken we ons belachelijk. Vaak zelfs al bij elfjarigen.

Inconsequent gedrag en stilzwijgend goedvinden zorgen ervoor dat alles blijft zoals het was. Bovendien heeft het tot gevolg dat anderen, buitenstaanders, toeschouwers, maar vooral slachtoffers, aan de rechtsstaat gaan twijfelen. Twijfel is goed, we moeten niets zomaar aannemen, ook de Duitse rechtsstaat niet, maar twijfel en teleurstelling leiden maar al te vaak tot het andere uiterste, tot vreemdelingenhaat en angst voor buitenlanders. Dat kan niet de bedoeling zijn.

Uit misplaatste tolerantie vindt er zelfs 'verbroedering' plaats met sommige patriarchen, ook al is het een publiek geheim dat er bij die gezinnen gigantische problemen waren en zijn. Als Duitse mannen hun vrouwen en dochters slaan, het huishoudgeld opdrinken of vergokken, dan noemen we dat terecht 'asociaal gedrag'. Maar bij moslimpatriarchen kijken we liever de andere kant op, zowel privé als politiek. Lang leve de multiculturele samenleving. Word toch wakker!

Als migrant heb je een zekere brengschuld en moet je zelf initiatief tonen. Dat weet ik uit eigen ervaring. De Duitse staat kan hulp bieden en doet dat ook op allerlei manieren, niet alleen financieel. Natuurlijk zijn er op diverse punten verbeteringen mogelijk, en de veranderende omstandigheden maken tussentijdse aanpassingen noodzakelijk. Alleen al het vluchtelingenprobleem zal ons in de toekomst voor heel nieuwe uitdagingen stellen. Maar in principe vind ik dat de aangeboden hulp meer dan voldoende zou moeten zijn, als anderzijds de bestaande mogelijkheden tot integratie beter benut zouden worden. Ik zeg hier niet 'überhaupt benut' maar 'beter benut'. Natuurlijk zijn er onder de moslims ook mensen die hun kans schoon zien, maar over het algemeen hebben kinderen uit de islamitische cultuur meestal een achterstand wat betreft afgeronde opleiding en opleidingsniveau. Dat kan geen toeval zijn.

Daarvoor worden allerlei redenen aangevoerd, maar wat me in dat verband telkens weer opvalt is dit: veel moslims vinden het prima in hun slachtofferrol. Ze klagen erover dat ze worden benadeeld, maar wie goed kijkt, ziet dat zelfs veel modern en open ogende moslims maar heel beperkt deel willen nemen aan de Duitse maatschappij. Want participatie betekent ook dat je je open moet stellen en dat is moeilijk. Niet alleen voor mensen met weinig opleiding, maar ook voor sterk religieuze bevolkingsgroepen. Vooral als dat geloof hun hele leven bepaalt.

Hiermee komen we weer terug bij de fundamentele vraagstukken over geloof. Maar voor we daar dieper op ingaan, wil ik de rol van de familie bij het integratieproces nog een keer bespreken. Mijn familie kreeg indertijd maar heel beperkt hulp aangeboden bij de integratie. Het ging niet verder dan een baantje voor mijn opa in de nachtdienst en een kamertje, dat hij deelde met mijn oudoom en een kennis. Meer was er niet. Toch kwamen ze geen van drieën op het idee zich slachtoffer te voelen. Als kind kreeg ik al mee dat je zelf initiatief moest tonen en niet alleen moest omgaan met 'landgenoten'. Voor mij was het heel vanzelfsprekend dat ik met kinderen van Duitse, Turkse, Italiaanse en andere nationaliteit speelde. Bij moslimfamilies is nog altijd te zien dat ze liever onder elkaar blijven, ook omdat er kennelijk druk wordt uitgeoefend om de moslimgemeenschap bijeen te houden.

Ook hierbij is een algemene tendens van de moslimcultuur zichtbaar: het collectief gaat boven het individu. De enkeling zal in de loop van zijn leven negatieve ervaringen opdoen die hem tot de conclusie zullen dwingen dat hij niet eeuwig het gekoesterde lievelingetje van zijn moeder kan blijven en zich moet schikken binnen de grote hiërarchie. Het collectief, de grote gemeenschap, wordt daarmee niet in twijfel getrokken. De macht van de familie is daarvoor te groot, vooral binnen de beruchte clans.

We moesten op pad omdat er weer eens een vechtpartij was uitgebroken tussen jonge migranten, Turken en Libanezen. De Turkse jongeren waren nog ter plekke toen wij arriveerden. Een van hen was duidelijk bang. Hij wilde niets concreets zeggen over wat er was gebeurd, maar zei alleen dat het om leden van een bekende familie ging. Verder wilde hij niet bij de zaak betrokken raken, en daarom was hij zelfs niet bereid de naam van de clan te noemen. Persoonlijk had ik daar alle begrip voor. Deze jonge Turk wist waarschijnlijk net zo goed als ik dat dergelijke families het meestal niet zo nauw nemen met het Duitse recht en hem vroeg of laat te pakken zouden nemen. Als hij niet samenwerkte met de politie, had hij meer kans het vege lijf te redden. Daarom weigerde hij ons iets te zeggen waarmee we de zaak hadden kunnen oplossen.

In veel grote Duitse steden zijn complete stratenblokken in handen van bepaalde clans. Soms bestrijkt hun invloedssfeer hele wijken. Een buitengewoon problematische groep, waarbij dit soort families veel voorkomen, zijn de 'Libanezen'. Ik heb dat woord met opzet tussen aanhalingstekens gezet, want zowel hun etnische als politieke achtergrond ligt over het algemeen wat ingewikkelder dan bijvoorbeeld bij veel Turkse families. Vaak gaat het om van oorsprong

Koerden uit het grensgebied tussen Turkije en Syrië, die in de jaren dertig en zestig naar Libanon zijn gevlucht. Daar bleven ze buitenstaanders, vaak was onduidelijk welke nationaliteit ze hadden, wat het later voor de migratielanden, zoals Duitsland, weer lastiger maakte om zelfs zware criminelen het land uit te zetten omdat niemand wist waarheen.

Veel van deze 'Libanezen' of 'stateloze Palestijnen' hebben een mislukte asielprocedure achter de rug en hebben daarom een gedoogstatus. Dat betekent dat ze niet mogen werken. Voor een groot aantal van hen geldt dat nog altijd, maar al lang niet meer voor allemaal, want velen zijn al jaren geleden ingeburgerd, worden sindsdien als Duitser beschouwd en mogen werken.

Hoewel werk terecht als een belangrijke voorwaarde voor een geslaagde integratie wordt beschouwd, is tegen alle verwachtingen in juist bij de Libanese clans de integratie niet echt van de grond gekomen. De eigen wetten wegen kennelijk te zwaar, de geïmporteerde structuren zijn te vastomlijnd en gevestigd. Voor wie de geschiedenis kent, is dat eigenlijk ook niet zo vreemd: juist in moeilijke situaties en als mensen in hun bestaan worden bedreigd, klampen ze zich vast aan alles wat vertrouwd is. Daar doe je niet zo snel iets tegen en lange tijd werd er ook verzocht om begrip uit de Duitse maatschappij. Inmiddels zijn de omstandigheden niet meer moeilijk, maar toch nemen de problemen rond deze groep alleen maar toe.

Er zijn gezinnen met vijftien of meer kinderen. Het komt regelmatig voor dat kleinkinderen ouder zijn dan de jongste eigen kinderen. Het resultaat is dat deze families enorm snel groeien: sommige clans hebben enkele duizenden leden, en dat maakt strafvervolging enorm onoverzichtelijk en haast onmogelijk. Het ontstaan van gebieden die buiten de wet staan is hier een reëel gevaar. Daarbij gaat het vooral om de al genoemde agglomeraties Berlijn, Bremen/Bremerhaven en het Ruhrgebied. Zowel intern als extern hebben deze clans vaak een structuur die je 'crimineel' kunt noemen. Officieel leeft men van uitkeringen en kinderbijslag, maar drugshandel en andere illegale zaken zijn geen uitzonderingen, variërend van diefstal, roof en afpersing tot mishandeling, zedendelicten en souteneren tot moord. Problemen worden zelf opgelost, waarbij ook onderling vuurwapens en messen worden gebruikt, zoals al vaker is gebleken. Ook worden er 'eremoorden' gepleegd. Zelfs kinderen en jongeren die in dit milieu opgroeien, begaan al jong overtredingen. Sterker nog, de kinderen worden vaak gebruikt en opgeleid voor criminele handelingen.

De enige conclusie die hieruit valt te trekken is dat de Duitse staat deze families niet kan bereiken. Enige hoop op integratie, als die nog rest, wordt met de dag minder. Op samenwerking hoeven we niet te rekenen, want wie zijn familieleden verraadt aan Duitsland, zet zijn eigen leven op het spel. En wie wil dat riskeren?

Ook van de kant van de staat wordt de situatie steeds onaangenamer. Wanhoop heeft gezelschap gekregen van angst. De clans vormen zo'n bedreiging dat zelfs de staat ervoor terugdeinst. Natuurlijk niet officieel, maar in de praktijk lijkt het er wel op. De afwachtende houding, om escalaties te voorkomen, heeft zich in dit geval al lang tegen ons gekeerd. Daar hoef je geen doemdenker voor te zijn.

Ik heb een keer een situatie meegemaakt met leden van een Libanese clan waarbij ik na afloop blij was dat mijn collega's en ik het er levend en ongeschonden van af hadden gebracht. Tijdens mijn opleiding verleenden mijn twee collega's en ik assistentie op de politiewacht van een nabijgelegen stad. En met assistentie bedoel ik dat wij de enige surveillancewagen van de hele stad waren. Al gauw werden we naar het centrum geroepen vanwege een steekpartij. Toen we daar aankwamen, was daar al een menigte van ongeveer dertig tot veertig Libanezen. Een man zat op een muurtje en werd daar behandeld door ambulancepersoneel. Om hem heen heerste pure chaos: de Libanezen schreeuwden en gebaarden wild, het was nauwelijks te zien wie er daders waren en wie slachtoffers, en ik had de grootste moeite om bij de man en de ambulance te komen. Toen ik er eindelijk aankwam, zag ik dat de man een snijwond in zijn nek had, waarschijnlijk van een mes. We wilden hem naar de ambulance brengen, maar ineens brak de hel los. De Libanezen pakten mijn collega beet omdat ze dachten dat we hun familielid wilden arresteren.

Ik vroeg om assistentie, maar er was niemand in de buurt die ons snel genoeg kon helpen. De dichtstbijzijnde surveillancewagen was een kwartier rijden bij ons vandaan. Ook de collega's van de bureaus zouden er te lang over hebben gedaan, wat tamelijk ongebruikelijk is.

Gelukkig slaagden mijn mannelijke collega's er met vereende krachten in kort de aandacht af te leiden. Als vrouw zou ik aan mijn lot overgelaten zijn geweest. De Libanese mannen gunden mij verder geen blik waardig, scholden me alleen uit en probeerden me tegen te houden. Een Libanese vrouw klampte me voortdurend aan en duwde me steeds weg. Pas nadat ik haar meerdere keren luid had gevraagd me los te laten, hield ze eindelijk op. We konden het wel vergeten om persoonlijke gegevens te noteren zodat we mensen zouden kunnen vervolgen vanwege het plegen van strafbare feiten, hindering van agenten en weerstand aan de politie bij het uitoefenen van hun beroep. We waren in de minderheid en waren elke controle over deze onbeheersbare menigte kwijt.

Ik had toen zelfs niet in mijn nachtmerries kunnen dromen dat zulke situaties een paar jaar later regelmatig zouden voorkomen. Tegenwoordig gaat het eigenlijk altijd zo bij grote groepen van een clan. Als wij niet meteen voldoende versterking halen, hebben zij het spelletje gewonnen. En omdat wij over het algemeen niet op elke melding met veertig man kunnen reageren, of voor de veiligheid honderd agenten in reserve kunnen houden, wordt de situatie steeds meer op de spits gedreven. De clans oefenen midden in Duitsland het recht van de sterkste uit.

Uiteindelijk noteerden we de persoonsgegevens van de gewonde in de ambulance en schreven ook wat aanwijzingen over de dader op. Die konden we vlak daarna werkelijk met een mes in zijn bezit arresteren. Ik was dolblij, en wel om twee redenen: ten eerste omdat we de dader hadden gevonden, en ten tweede omdat we de messentrekker niet hoefden te arresteren in het bijzijn van de Libanezen. Want dan waren er ongetwijfeld mensen zelf voor rechter gaan spelen, met zwaargewonden of zelfs doden tot gevolg.

Dat klinkt tamelijk hopeloos, nietwaar? En inderdaad is dit probleem op de lange termijn en preventief alleen met grote inspanningen op te lossen: moeizame maar essentiele voorlichting, sancties met signaalfunctie en meer blauw op straat dat die sancties kan opleggen. We moeten er ook niet voor terugdeinzen de wet aan te passen, als dat zinvol is. Het belangrijkste lijkt mij echter dat de personeelsaantallen bij de politie worden opgeschroefd. Dat is volgens mij de enige manier om niet zo vaak onverrichter zake de aftocht te hoeven blazen, zoals dat nu het geval is. Bovendien is dit geen probleem voor later, maar iets wat nú speelt.

In de vroege ochtend van een nachtdienst werden we opgeroepen om collega's te komen helpen bij een gevecht tussen ongeveer dertig buitenlanders. Ter plekke aangekomen zag ik de verwarring die ik al verwachtte: er werd geschreeuwd en gedreigd, en mijn collega's probeerden tevergeefs de partijen uit elkaar te halen. Zoals zo vaak waren we duidelijk in de minderheid.

Ik verleende steun waar ik kon en ging tussen de strijdende partijen staan, om te voorkomen dat ze elkaar te lijf gingen. Ze lieten zich niet van de wijs brengen en namen ons in eerste instantie totaal niet serieus. Op onze rustige en gedecideerde bevelen reageerden ze totaal niet, en dringendere bevelen beantwoordden ze met afwerende handgebaren, alsof ze een insect wegjoegen.

Toen begon ik te schreeuwen om ze eindelijk rustig te krijgen. Nu werden ze boos over mijn geschreeuw. Ze begonnen te klagen dat ik zonder reden schreeuwde en ze onbeschoft behandelde. Per slot van rekening hadden zij tegen mij ook op normale toon gesproken.

Het spelletje ging verder. Een aantal mensen liep vlak langs me. Omdat ik daar niet op reageerde, kwamen ze na een tijdje nog dichterbij, zodat ze me bijna raakten. Toen me duidelijk werd dat ze hiermee een reactie probeerden te ontlokken, sprak ik ze weer scherp toe en dreigde bij herhaling met maatregelen. Natuurlijk waren ze hier weer heel verontwaardigd over, want ze hadden niets gedaan. Ze mochten toch nog wel ademen?

In deze situatie was het eigenlijk gepast geweest mensen te arresteren, in het bijzonder één man die me telkens weer aanraakte. Om hem te laten zien dat dit niet kon zo. Maar wat zou het gevolg zijn geweest? Zijn landgenoten zouden tussenbeide zijn gekomen en zouden hebben geprobeerd de arrestatie te verhinderen. Omdat zij duidelijk in de meerderheid waren en bovendien heel agressief, restte me weer eens niets anders dan niets te doen, puur uit eigenbelang.

Nadat de collega's de situatie onder controle hadden gekregen, werden her en der straatverboden uitgedeeld. Het uitdelen en handhaven van straatverboden leidt bij dit soort groepen altijd tot problemen. Mensen gingen niet weg zodra ze een straatverbod hadden gekregen, maar begonnen weer met schreeuwen, nog net zo verontwaardigd, zonder enig schuldbesef. We trokken de pepperspray en wapenstok, maar gebruikten ze nog niet. Pas nadat we zo hadden gedreigd, dropen de betroffen personen langzaam af. Maar niet zonder luidkeels te laten merken wie er hier eigenlijk de baas was.

Eigenlijk liep dit voor ons nog redelijk goed af, want wij kregen min of meer gedaan wat we wilden. Meer min dan meer. Want om eerlijk te zijn, had ik het gevoel dat ik weer eens aan het kortste eind had getrokken. Maar binnen de mogelijkheden hadden we geen andere keuze.

Het is nogal een verschil of je over dit soort inzetten probeert te schrijven of dat je er zelf middenin zit. In de hitte van het gevecht gaat het allemaal veel sneller en is er bijna geen gelegenheid een adempauze te nemen of na te denken, je te bezinnen of zelfs gewoon op nieuw te beginnen. Niet bij individuele daders en al helemaal niet bij agressieve groepen zoals hier beschreven. Individuele daders blijken vaak redelijk verstandig en berustend omdat ze er al gauw achter komen dat ze in hun eentje niets kunnen doen. Ik heb meegemaakt dat de grootste macho's begonnen te smeken, omdat ze er alleen voor stonden. Pas in een groep voelen ze zich sterk. Dan voelen ze de macht van de meerderheid, de macht van de familie, de macht van de sterkste. Het collectief maakt ze zelfverzekerd, op arrogantie en grootheidswaan af. Wanneer we die figuren kunnen isoleren, blijft er vaak weinig van over.

De afgelopen jaren laten ook telkens weer zien dat deze klanten misschien niet altijd even goede kwalificaties hebben voor de arbeidsmarkt, maar dat ze uitstekend geschoold zijn in de omgang met moderne communicatiemiddelen. Via hun gsm's halen ze binnen de kortste keren versterking, zo snel dat wij het als politie nauwelijks kunnen bijhouden. Juist in wijken met veel migranten overkomt ons dat steeds vaker: zodra ze ons aan zien komen, worden via de telefoon mensen opgetrommeld. Vandaar ook dat we het gebruik van mobieltjes zoveel mogelijk aan banden proberen leggen.

Maar meestal lukt het ons niet ze te dwarsbomen bij hun doel in de meerderheid te komen. Als ze met meer zijn, voelen ze zich niet alleen sterker, maar zijn ze dat ook werkelijk. Dan kan de situatie snel uit de hand lopen: zodra ze in aantal toenemen, wordt de drempel lager. Dan nemen ze zelfs verwondingen op de koop toe, zowel bij anderen als bij zichzelf, tot aan blijvend letsel of de dood. Juridische en alle andere gevolgen worden minder belangrijk, die tellen niet meer als het hard tegen hard gaat. Met 'eer' heeft dat in mijn ogen nog maar weinig te maken, maar voor hen ligt dat anders. Als deze mensen in zo'n bizarre groepsdynamiek terechtkomen, zijn ze niet langer zichzelf, terwijl wij agenten juist voortdurend nadenken of onze acties wel passend zijn. Zo bezien is het altijd een ongelijke strijd.

Want als de boel uit de hand loopt, zitten wij echt in de problemen. De agenten moeten dan rekening houden met dingen waar de daders zich absoluut niet druk om maken: de publieke opinie en de juridische consequenties. Als de bereidheid tot geweld bij dergelijke groepen zo groot is, kunnen wij eigenlijk alleen nog maar met harde maatregelen komen, dat wil zeggen met lichamelijk geweld (stompen, schoppen, enzovoort), met hulpmiddelen voor lichamelijk geweld (pepperspray, honden, boeien, enzovoort) of wapens (pistool, wapenstok, enzovoort). Het is een schemergebied, en het is ook niet meer dan terecht dat soms ook de acties van de politie in twijfel worden getrokken. Alleen al vanwege het evenredigheidsbeginsel en de transparantie, en bovendien omdat we het vertrouwen van de bevolking niet willen verliezen.

Dat is allemaal goed en aardig, maar als je zoiets een keer hebt meegemaakt, in zo'n situatie letterlijk je leven op het spel hebt gezet om vervolgens door het publiek te worden bestempeld als boeman en door het Openbaar Ministerie en rechters zo'n beetje als misdadiger wordt behandeld, dan bestaat het gevaar dat je voortaan wel twee keer nadenkt, en je bij de volgende confrontatie met zo'n menigte het zekere voor het onzekere neemt. De media en justitie zijn hier medeverantwoordelijk. Het is moeilijk te meten wat het effect van dergelijke processen is op de veiligheid van Duitsland en het gevoel van veiligheid bij de bevolking, maar het is wel voelbaar. Veel van mijn kennissen en collega's voelen zich niet langer prettig in de wijken waar deze clans en grote groepen moslimmigranten de overhand hebben. Ik ben bang dat dit voor meer mensen geldt.

Moet er dan maar een samenscholingsverbod komen op groepen van meer dan drie mensen? Natuurlijk niet. Dat past niet binnen onze ideeën over een vrije samenleving, en ook niet binnen onze wetgeving. Door de beschreven situaties ontstaan weliswaar niet meteen rechteloze ruimtes, maar de kans is wel groot dat er zo ruimtes zonder controle ontstaan. Plekken waar we het geweldsmonopolie van de staat niet langer kunnen handhaven. Een paar telefoontjes is vaak al genoeg om de zaak uit evenwicht te brengen.

Ik hoop dat de meeste lezers dat nu beter begrijpen, en ik hoop ook dat ik niet verkeerd begrepen wordt. We mogen niet overdreven reageren uit angst. Want dat is precies waar die provocaties voor bedoeld zijn, en daarmee zouden we nog weer een 'slachtofferargument' toevoegen. We moeten soevereine beslissingen kunnen nemen, en die consequent uitvoeren. Dat geeft een signaal van kracht af, dat ook begrepen zal worden door degenen die dat signaal het hardst nodig hebben. Maar op het moment ziet de situatie er helaas vaak anders uit. De minachting voor onze staat, niet alleen bij criminele clans, hebben we daarom voor een deel aan onszelf te danken.

Die minachting komt op allerlei manieren tot uiting, vaak via een ogenschijnlijk onbeduidende vraag. Veel mensen zullen die vraag niet kennen, en ook de meesten van mijn collega's kennen hem niet. Althans niet als ze geen migratieachtergrond hebben en/of geen Zuid-Europees uiterlijk. Zoals u ondertussen weet, ben ik Griekse, en veel migranten, ook nu weer vooral moslims, zien me op het eerste gezicht voor een landgenote aan, dus voor een Turkse, Libanese, Marokkaanse, enzovoort, en proberen daar misbruik van te maken.

Het is inmiddels al geen uitzondering meer, maar een irritante 'gewoonte' dat moslimmigranten proberen me voor zich in te nemen. Ze proberen het altijd een keer, want anders zou ik het niet dagelijks meerdere keren meemaken. Heel even lijken ze te kunnen vergeten dat ik een vrouw ben, door wie ze zich niet graag de les laten lezen, want het kan altijd handig zijn als je de politie aan je kant hebt. Oneindig vaak wordt me de allervriendelijkste vraag gesteld: *Türk müsun?* (Ben je Turkse?) Ik spreek geen Turks, maar ik weet intussen heel goed wat die twee woordjes betekenen, en ik weet vooral wat de achterliggende bedoeling is.

Wanneer ik ontkennend antwoord, is de reactie haast altijd dezelfde. Soms is het ongeloof en gaat het als volgt: 'Jawel, jawel. U heeft me wel begrepen. U moet Turks zijn!' Dan duurt het vaak nog even voor het kwartje valt, maar na de tweede of derde keer ontkennen dringt de teleurstellende waarheid door. Bij de tweede variant is er meteen sprake van ontnuchtering, en word ik helaas meteen weer gezien als een vrouw in een politie-uniform.

In beide gevallen slaat de aanvankelijke vriendelijkheid meteen om: ik word vol verachting aangekeken, er worden afwijzende gebaren gemaakt, men wil niet langer meewerken of werkt zelfs tegen, en als ik geluk heb word ik alleen genegeerd. Het ergste zijn echter de migranten die me verwijten dat ik een verraadster ben. Vaak zeggen ze dat recht in mijn gezicht of ze suggereren het indirect: 'Je bent toch een van ons?'

Het heeft weinig zin om ertegenin te gaan, want het is geen overtreding en ook niet strafbaar. En als ze al iets strafbaars zeggen, dan wordt dat vervolgens meteen ontkend. Dan is het hun woord tegen het mijne, en zoals ik al eerder heb beschreven, is er in zo'n situatie meteen een heel roedel getuigen voor de andere partij. Met hun reactie tonen ze echter wel hun ware aard: ze zijn alleen bereid mee te werken als ze daar zelf voordeel uit kunnen halen – verder willen ze met dit land niets te maken hebben. Sommigen laten hun minachting heel openlijk blijken, zodat hun landgenoten niet zullen denken dat ze willen samenwerken met de Duitse politie. Dan is de dubbele moraal helemaal onthullend.

Dit soort pogingen me in te palmen onder het motto 'samen tegen Duitsland' zijn voor mij geen uitzondering meer. Dat je eigen achtergrond als immigrant of je eigen geloof zo boven Duitsland, boven de Duitse bevolking en alles wat daarbij hoort wordt geplaatst, heb ik bij andere migranten nooit zo meegemaakt, en al helemaal niet bij Europeanen. Ik word voor allerlei Zuid-Europese nationaliteiten aangezien, maar de Grieken, Italianen of Spanjaarden hebben nooit geprobeerd me op die manier te beïnvloeden. Dat gebeurt eigenlijk alleen bij moslims, ongeacht hun etnische afkomst.

Ik vind het geen charmante flirtpogingen (want zo wordt het soms ook uitgelegd) of een manier om een praatje aan te knopen ('ik wilde alleen het gesprek aangaan'), maar gewoon een onbeschaamde poging de officiële wegen te omzeilen en zelf iets te regelen. Wie daarin trapt, komt van een koude kermis thuis. Als het bij incidenten bleef, zou het misschien overdreven zijn zo'n punt te maken van dit soort pogingen tot inpalmen. Ik overdrijf ook wel eens als ik iets duidelijk wil maken. Maar voor mij is dit een van de vele bewijzen dat moslims zichzelf als veel beter zien.

Goed beschouwd blijkt hier ook weer wat al bij andere situaties duidelijk was: deelname aan de samenleving van de meerderheid wordt niet nagestreefd of opgeëist. Niet volgens onze spelregels, want dat is niet gewenst. Dan zouden ze dingen moeten uitleggen en rechtvaardigen en zich uiteindelijk zelfs moeten aanpassen. De vrouwen zouden nog meer opkomen voor hun rechten dan nu (en in sommige gevallen er voor het eerst over horen). Om dat te voorkomen wordt een fundamenteel wantrouwen gestimuleerd, zowel tegen Duitsers als tegen de Duitse staat. Het geloof is daarbij deels dekmantel die extra bescherming biedt, en deels liggen hierin de wortels van het probleem, zoals we later nog zullen zien. Hoe weinig men geïnteresseerd is in participatie in de samenleving, blijkt voor normale mensen uit de gevestigde parallelle structuren die de Duitse samenleving voor het eigen leven volstrekt overbodig maken. De meeste Duitsers hebben nauwelijks tot geen contact met moslims, maar ook moslims zelf (of ze nu praktiserend zijn of niet) zoeken geen contact met de 'buitenwereld'. Waarom zouden ze ook? Van boetieks tot wedkantoor, van kiosk tot café, van advocaat tot importeur van delicatessen, van onderwijzeres tot arts tot begrafenisondernemer... wie van de wieg tot het graf alles bij geloofsgenoten kan kopen, met geloofsgenoten kan bespreken of afhandelen, zonder zich te verdiepen in een vreemde taal en andere details, die gaat dat op den duur als overbodig beschouwen. Het is eigenlijk ook wel een beetje onhandig, nietwaar? Al die Duitse renteniers op Mallorca doen toch hetzelfde?

Ik wil niet over al deze dingen negatief doen. Het ontstaan van parallelle structuren is een natuurlijk gevolg van immigratie. Helaas loopt het niet in alle opzichten meer parallel. Sommige dingen zijn een eigen weg ingeslagen, weg van de rest.

Eerder heb ik al benadrukt dat migranten hun afkomst niet moeten verloochenen. Als er echter zo weinig bereidheid is om de verantwoordelijkheid te nemen voor de samenleving, en alle kenmerken aanwezig zijn van doelbewuste afzondering, dan gaat het verder dan alleen maar gemakzucht en instandhouding van de eigen cultuur. Ik heb de indruk dat er binnen de gemeenschap sterk de nadruk op ligt om de ingeslagen weg verder voort te zetten. De jongere generatie mag niet verwestersen. Helaas slaagt men nog altijd in die opzet. In het Ruhrgebied is het geen uitzondering om juist jonge moslims te horen schelden op Duitsland en 'de Duitsers', als openlijke blijk van hun haat en afzondering.

Duitsland vormt in dit optreden alleen het toneel; het levert de randvoorwaarden. De rest doet men zelf. En in toenemende mate: vooral in probleemwijken en onder strenggelovige moslims is deze tendens het grootst.

'WIJ LOSSEN DAT ZELF WEL OP' – ISLAMITISCHE PARALLELLE RECHTSPRAAK EN GODDELIJKE GEBODEN

Ze ontmoeten elkaar in de kebabzaak, in het theehuis of bij elkaar thuis. Soms ook in de moskee. Overal waar je ongestoord dingen kunt regelen. Duitse agenten en advocaten zijn dan ongewenst, Duitse wetten en Duitse rechtspraak houdt men er hoe dan ook liever buiten en men probeert zo min mogelijk aandacht te trekken. In plaats daarvan komt iemand anders tussenbeide als er bemiddeld moet worden tussen twee partijen, een ruzie moet worden beslecht of de vrede moet worden hersteld. Deze personen worden daarom wel 'vrederechters' genoemd en vaak gebruiken ze dat ook als titel, hoewel het geen officiële titel is. Bij nader inzien blijkt dat er hierbij vaak evenmin sprake is van vrede als van recht, althans niet naar onze westerse begrippen. Er wordt dan ook uitsluitend bemiddeld in de zin van het traditionele, islamitische recht, dus op basis van de sharia.

Vrederechters worden er vrijwel uitsluitend bij gehaald als zowel de dader als het slachtoffer uit islamitische kring komt. Als beide partijen religieus zijn, komen ook imams voor de rol in aanmerking, maar dat is geen noodzaak. Het is evenmin noodzaak dat de vrederechter een juridische opleiding heeft voltooid. De familietraditie is hierbij van veel groter belang: vaak gaat de functie van vrederechter van vader over op zoon. Met de islamitische cultuur werd zo ook een stuk islamitische rechtspraak naar Duitsland gehaald zonder dat grote delen van onze bevolking daar ooit iets van hebben gemerkt.

Waarom is het zo erg als moslimmigranten familieruzies onderling uitvechten? Als het bij een paar zaken bleef, zou het geen onoverkomelijk probleem zijn. Het is niet nodig voor elke oorvijg advocaten en rechters in te schakelen, die hebben wel iets anders aan hun hoofd. Maar het islamitische familierecht verschilt in enkele fundamentele opzichten van ons familierecht. Op sommige punten verschilt het zelfs hemelsbreed, denk maar aan gedwongen huwelijken of het hanteren van eigen recht bij erekwesties.

Vrederechters zijn er in de eerste plaats op uit de vrede te bewaren binnen de eigen gemeenschap. Die gemeenschap gaat boven het recht van het individu. Dat is een gedachte die we al eerder zijn tegengekomen. Een ander kenmerk van de vrederechter is dat het een echte mannenbaan is. Dat heeft gevolgen voor de vonnissen: als er vrouwen bij betrokken zijn, valt het oordeel over het algemeen niet in hun voordeel uit.

Ik zou die vrederechters hier niet benadrukken als het uitzonderingen betrof. Maar tegenwoordig zijn vrederechters niet alleen te vinden in Berlijn, Bremen/Bremerhaven en het Ruhrgebied, maar ook in Frankfurt am Main, Hamburg, Stuttgart, Mannheim, München en zelfs in landelijke gebieden. Ze zijn allang gemeengoed in Duitsland, en alleen al dat zou ons te denken moeten geven.

In de islamitische parallelle justitie staat, dat mag geen verbazing wekken, het hier al veel genoemde eerbesef, waarbij men meer waarde hecht aan 'eer' dan aan gezondheid en leven, centraal en staan mannen in hoger aanzien dan vrouwen. Dat laatste wordt gelegitimeerd door de Koran. Allah is verheven en groot, maar alleen als de vrouw gehoorzaamt. Alleen al die twee zaken leiden tot een conflict met onze zeden en rechtspraak. Daar komt in de praktijk helaas nog bij dat zowel de onderdrukking van de vrouw als de betekenis die aan 'eer' wordt gehecht tot een merkbare grotere acceptatie van geweld leidt binnen deze gemeenschappen. Bij de migratie werd dat niet vergeten of overboord gezet, integendeel: vooral onder de derde generatie lijkt het alleen maar toe te nemen.

De straffen die door de Duitse rechters worden opgelegd, worden daarom vaak als te mild gezien. Als een twintigjarige volgens het jeugdstrafrecht zeven jaar cel krijgt voor het neersteken van een andere jongen, jaagt dat de familie van het slachtoffer in de gordijnen. In hun ogen mogen de Duitsers niet klagen als migranten het recht in eigen hand nemen, want ze werden daar in feite toe gedwongen.

Daarom is ook in Duitse rechtbanken steeds vaker het gedrag te zien dat ik maar al te goed ken van mijn patrouilles in Bochum.

Begin 2014 vond er in Frankfurt am Main een proces plaats rondom een steekpartij met dodelijke afloop waarbij een aantal mannen van Arabische afkomst betrokken was. Al in de rechtszaal kwam het tot schermutselingen tussen de vrienden van de dader en van het slachtoffer. Het kostte heel wat moeite ze rustig te krijgen, ze schreeuwden en verstoorden telkens opzettelijk het proces. Vlak nadat het vonnis was uitgesproken, liep de zaak uit de hand. Toen een getuige onder politiebegeleiding naar huis werd gebracht, werd hij aangevallen door een hele groep van de tegenpartij. Let wel: in het bijzijn van de politie. Het liep uit op een vechtpartij en er werden 33 mensen gearresteerd.

Wat is nou het vonnis van een Duitse rechtbank ten opzichte van het eergevoel van een dader of van de familie van een slachtoffer? Dat daarbij agenten gewond raakten werd op de koop toe genomen, een onbelangrijke bijzaak. Een van de betrokken agenten zei later: 'Ze denken dat ze daarboven staan. Als wij het proberen tegen te gaan, zijn we meteen de vijand.' Vooral onder jonge moslimmannen nemen dergelijke gevallen in aantal toe. Het voorbeeld uit

Frankfurt is nog geen gemeengoed, de situatie escaleert niet elke keer, maar dat is geen reden om achterover te leunen. Volgens sommige schattingen blijven negen van de tien misdrijven binnen het moslimmilieu verborgen voor de Duitse strafautoriteiten. Dat is dus 90 procent! Zelfs als dat aantal fors overdreven is, mag duidelijk zijn dat de meeste conflicten onder onze radar blijven. Het is misschien niet zo dat er gebieden ontstaan waar geen recht wordt gesproken, het is alleen niet ons recht!

De Duitse justitie wordt buitenspel gezet en zelfs elke vorm van samenwerking met de Duitse politie kan in deze kringen op afkeuring rekenen, om het maar eens voorzichtig uit te drukken.

De procesgang wordt vaak alleen al bemoeilijkt door het feit dat getuigen tijdens het proces ineens gaten in hun geheugen blijken te hebben. Opvallend genoeg vallen die gaten meestal pas als vrederechters buiten de rechtbank om een regeling hebben getroffen. Dat wil zeggen, de vrederechter voert gesprekken met beide partijen, stelt een oplossing voor, vaak in de vorm van een financiële schadeloosstelling en probeert zo de 'eer' te herstellen en de rust terug te brengen in de gemeenschap. Een vonnis van een Duitse rechtbank is dan alleen maar hinderlijk en zou de eigen rechtsgang zelfs kunnen verstoren. De rechtbank moet dus gemeden worden of men trekt zich terug. Dat gaat het best wanneer getuigen zich niets meer kunnen herinneren, elkaar tegenspreken of weigeren iets te zeggen – of omdat ze bedreigd zijn of omdat ze zijn omgekocht. De bewijslast verdwijnt en justitie heeft het nakijken. Omdat vrederechters op meer medewerking kunnen rekenen, zijn ze veel sneller dan Duitse rechtbanken en ook effectiever;

de hele zaak is vaak al lang onderling opgelost voor er een procesdatum bekend is. Het is geen uitzondering dat er dan wordt gezegd: 'We hebben jullie niet meer nodig, alles is al geregeld.'

Vrederechters mogen dan ook graag benadrukken dat ze met hun activiteiten de overbelaste Duitse rechtbanken veel werk uit handen nemen. Dat is ook een interpretatie. Zo'n zaak, waarbij er van enige medewerking toch geen sprake is, nog een keer helemaal opnieuw te doen, is inderdaad een hoop tijd en moeite om niets. Daar heeft niemand zin in, en omdat het steeds vaker voorkomt, wordt het ook vermoeiend. Maar dat mag niet gebeuren. Want dat is precies de bedoeling, dat is de strategie. Processen worden vanwege overbelasting van de rechtbank en gebrek aan bewijs afgelast. De daders lopen zo de rechtbank uit en voelen zich officieel bevestigd in hun gedrag. Het is zonde van de vaak maandenlange periode van gerechtelijk onderzoek, maar veel erger nog is dat het de machtsverhoudingen volkomen scheef trekt.

De vrederechter vormt voor mij een goed aanknopingspunt om dit probleem te lijf te gaan. Veel van wat ik heb geschreven over archaïsche wereldbeelden, over opvoedideeën, over het patriarchaat, over de macht van de familie, over parallelle structuren is terug te vinden in de uitspraken van vrederechters. Er is een documentaire die zeer de moeite van het bekijken waard is, van Güner Balci, met als titel *Selbsternannte Richter*, waarin een vrederechter verbazingwekkend open vertelt over zijn werk en zijn functie. Ook al weet de man precies wanneer hij op de vlakte moet blijven, de film is heel veelzeggend.

Vrederechters werken officieel onbezoldigd. Of dat

werkelijk zo is, valt lastig te controleren, maar het is op zijn minst twijfelachtig. Het klinkt in elk geval goed en onschuldig en maakt ze minder goed aan te pakken. Maar in mijn oren klinken de onderstaande dogmatische uitspraken die in de documentaire aan bod komen als voorbeeld van het werk van een vrederechter al minder fraai: een man moet voor zijn rechten opkomen, hij moet daar eventueel zelfs voor op de vuist kunnen gaan. Eigen wetten over kracht en traditie gaan boven alle andere wetten. Zeden en gewoonten zijn niet in een of twee generaties verdwenen. Wie zich met de politie inlaat, om zijn recht op te eisen, verliest zijn eer, zijn gezicht en zijn respect...

Volgens mij maakt alleen al die laatste uitspraak duidelijk waarom veel mensen het niet aandurven met de Duitse autoriteiten samen te werken. De prijs is voor hen veel te hoog: ze zouden uit hun gemeenschap worden verstoten. Zelf beslissen is voor hen onmogelijk. Dat veel strafzaken op niets uitlopen, komt ook doordat deze heerschappij van de angst in de praktijk heel goed werkt. De activiteiten van de vrederechters versterken die heerschappij. Zelf heb ik al heel vaak meegemaakt dat getuigen al meteen na een misdaad, bij het eerste verhoor door de politie, geen getuigenis wilden afleggen, omdat ze wisten of vermoedden uit welke kring de dader afkomstig was. Ze wisten heel goed dat de zaak op een andere manier zou worden opgelost. De Duitse politie was alleen maar lastig. Nog waarschijnlijker is dat ze bang waren. Ook daarbij kan de politie geen hulp bieden.

Hoe dan ook: eer gaat boven gezond verstand. Het door justitie vaak geuite verwijt dat de politie bij het gerechtelijk onderzoek de vragen zo moet stellen dat de uitspraken ook nog bruikbaar zijn als de getuigen voor de rechtbank ineens aan geheugenverlies lijden, brengt ons ook niet veel verder. Die trein is al vertrokken nog voordat wij überhaupt maar op het perron zijn.

Ook hierbij geldt het recht van de sterksten. Dreigementen laten sporen achter, mensen zijn bang om iets te zeggen en schikken zich liever in hun lot voor er nog meer ellende komt. Ja, in een enkel geval is het wel te begrijpen waarom we bij ons onderzoek zo vaak op een muur van zwijgen stuiten. Maar laten we eerlijk zijn: als we dat uit misplaatst medelijden, goed vertrouwen of zelfs uit eigen angst ook maar een beetje goedvinden, nemen we zelf onze rechtsstaat niet serieus.

Moslims horen al sinds de jaren zestig tot de Duitse samenleving, maar dat geldt niet voor de sharia! Daar moeten we duidelijk over zijn en we mogen er ook geen compromissen over toestaan. We kunnen niet over ons heen laten lopen en deze vorm van parallelle justitie goedkeuren. Maar helaas gebeurt dat al veel te vaak. Ik vind dat we ons daartegen moeten verzetten, met alle middelen die we tot onze beschikking hebben.

Als samenwerking wordt afgeslagen of tot niets leidt, dan moet het geweldsmonopolie van de staat met harde hand worden doorgevoerd. Daarvoor is stug volhouden vereist, en volgens mij moeten we daarbij niet terugschrikken voor harde maatregelen, als we daarmee een signaal kunnen afgeven. Niet alleen omdat we zo laten zien wie de macht heeft. Er moet ook de overtuiging uit doorklinken dat we zo de integratie willen bevorderen. Als het bijvoorbeeld zou lukken ook eens een vrederechter te veroordelen doordat we kunnen aantonen dat hij betrokken is bij het verdoezelen van strafbare feiten, dan zouden we daarmee een duidelijk signaal kunnen afgeven. De Duitse rechtsstaat kan niet buitenspel worden gezet door weigering van getuigenissen en leugens. Justitie moet de bestaande mogelijkheden beter benutten. Maar in eerste instantie moet er, net als bij het model van Neukölln, de bereidheid zijn samen te werken met de betrokken instanties. Daar moet iedereen het over eens zijn, anders wordt het een onmogelijke operatie.

Omdat ik het hier over islamitische parallelle justitie en sharia heb, omdat ik benoem dat deze problemen vooral betrekking hebben op jonge moslimmannen en hun opvattingen over moraal, eer, mannen, vrouwen en familie, en dan niet alleen in Bochum, moet ik het natuurlijk ook over de islam zelf hebben.

Slechts een op de vier Duitsers heeft geen vooroordelen over de islam, zo groot is het wantrouwen van de meerderheid in ons land ten opzichte van dit geloof. Waar ligt dat aan? Pure islamofobie? Nee, natuurlijk niet! In Duitsland staat men heel wat toleranter ten opzichte van andere religies dan bijvoorbeeld in islamitische landen. Maar is dat tastbare wantrouwen onder de Duitse bevolking terecht of uit de lucht gegrepen?

Ongeveer een derde van alle moslims in Duitsland noemt zichzelf zeer gelovig en geeft aan dagelijks te bidden. Zoals bij al dit soort uitspraken moet je ook hierbij een slag om de arm houden, vooral bij de islam met al zijn verschillende verschijningsvormen. Toch valt telkens weer te constateren dat juist zeer religieuze moslims ver van de maatschappij staan, wat door het geloof wordt versterkt, ongeacht hun opleidingsniveau.

De islam beheerst alle facetten van het leven van een moslim. Het geeft een antwoord op alle levensvragen, van de juiste kleding tot het aantal vrouwen dat iemand mag hebben. Mensen hebben de plicht deze regels te volgen en bij een heel strikte interpretatie leidt dat tot een verplichte baard bij mannen en sluiers voor vrouwen. Dat in twijfel trekken, wordt niet gewenst en is ook niet voorzien. Als God alles regelt, van de dagindeling tot de rechtspraak, van de ondergeschiktheid van de vrouw tot vragen over kleding en wat je mag eten, als alleen God precies weet wat goed en slecht is, wat wel of niet verkeerd is, als de hele wereld zwart-wit is, als familie-eer (wat daar dan ook precies mee bedoeld wordt) boven de algemeen heersende wetten staat en geleden onrecht met gelijke munt of sterker wordt terugbetaald, dan hoeven we ons niet te verbazen over de problemen die we momenteel hebben met criminele moslims.

In Duitsland is in de meeste agglomeraties met moslim-migranten een ontwikkeling gaande: in de probleembuurten, waar heel veel mensen werkloos zijn en op de staat zijn aangewezen, waar een laag opleidingsniveau en al die andere negatieve kenmerken op een groot deel van de migrantengezinnen van toepassing zijn, identificeren extreem veel mensen zich door middel van hun geloof. Juist daar staan de moskeeën die de meeste bezoekers trekken.

Als er problemen met moslims zijn, wordt er altijd gezegd dat dat niets met de islam te maken heeft, dat het uitzonderingsgevallen zijn, en dat Duitsers het niet begrijpen. Maar dat is een drogreden. De geringste kritiek op de islam wordt dan uitgelegd als islamofobie en critici worden neergezet als onverbeterlijke islamhaters. Vergelijkingen met nazi's en de Holocaust worden snel gemaakt. We moeten ons niet zo snel op de kast laten jagen. Hier wordt bewust meteen het zwaarste geschut ingezet om elke discussie in de kiem te smoren. Als we dat toestaan, relativeren we de Holocaust (wat niet kan) en kunnen we meteen alle verdere vormen van kritiek en vrijheid van meningsuiting vergeten. Dan zetten we onze eigen waarden overboord en hebben we ons laten ringeloren door het islamitische wereldbeeld.

'FLIKKER OP, ROTHOER' – DE VROUW ALS TWEEDERANGS MENS

Tegen deze achtergrond bezien, tegen dit wereld- en mensbeeld, deze culturele vorming, is het haast al logisch dat één groep extra te lijden heeft: de vrouwen.

Ze worden niet behandeld als vrije, gelijkwaardige mensen, maar blijven vaak hun leven lang in een rol gevangen: ze zijn dochter, zuster, vrouw, moeder, grootmoeder. Ze moeten gehoorzamen, anders krijgen ze straf. Ze worden gereduceerd tot hun maagdelijkheid en verhandeld, als dieren. Als ze getrouwd zijn, draait het alleen nog om kinderen baren, liefst een stamhouder.

Is dat overdreven, zijn dat horrorverhalen over vrouwen hatende moslims? Was het maar zo. Natuurlijk wordt niet iedere vrouw geslagen en als een slavin gehouden, maar er zijn voorbeelden genoeg te vinden, ook in Duitsland: die zijn uitgebreid gedocumenteerd en aangetoond.

Strenggelovig of liberaal, praktiserend of niet, aan de rol van de vrouw is een van de grootste integratieproblemen van moslimmigranten af te lezen. De islam wordt vaak als reden genoemd, maar in feite gaat het hierbij om macht en de instandhouding van het patriarchaat. Want uiteindelijk is het niet God, maar zijn het de mannen die bepalen hoe vrouwen zich moeten kleden en zich moeten gedragen, en het zijn de mannen die misstappen op verschillende wijze bestraffen.

Bij strenge families zijn de regels voor vrouwen ongeveer als volgt: ze moeten thuisblijven om voor de kinderen en het huishouden te zorgen, dus wassen, eten koken, schoonmaken. Daar hebben ze niet meer opleiding voor nodig dan absoluut noodzakelijk, kennis is alleen maar hinderlijk. Veel vrouwen mogen alleen gaan werken als dat moet van de sociale dienst, omdat er anders op de bijstand wordt gekort. Werkende vrouwen komen namelijk in contact met vreemde mannen, en dat betekent vrijwel altijd ellende. Dergelijk contact moet voorkomen worden, of in elk geval zoveel mogelijk gereguleerd, bijvoorbeeld via werk in de eigen winkel of die van een familielid. Verbieden is eenvoudiger, dus geen hobby's, geen eigen beslissingen nemen, geen contact met vreemden. Wie zich daar niet aan houdt, krijgt met huiselijk geweld te maken. Of erger, als bijvoorbeeld de 'eer' van de familie bezoedeld wordt, omdat de dochter zelf een echtgenoot wil kiezen. Of bij ruzie om de bruidsschat, wat natuurlijk puur een mannenkwestie is.

Een bruiloft is hoe dan ook een familiezaak: individuele wensen, twijfels en gevoelens van de echtelieden zijn ondergeschikt. Voor vrouwen betekent dat: totaal onbelangrijk. Alleen niet-moslima's staan nog lager in rang. Overdreven gesteld: een Duitse of Griekse die hier in Duitsland niet met een moslim wil trouwen, wordt weggezet als racist, terwijl een moslimman die geen Duitse of Griekse vrouw wil trouwen, gewoon zijn religieuze identiteit waarborgt. Met andere woorden: de neerbuigende omgang met vrouwen beperkt zich niet tot de moslimgemeenschap, wat al erg genoeg is, maar wordt als vanzelfsprekend ook daarbuiten toegepast.

Moslimmannen gaan merkbaar anders met mij om dan met mijn mannelijke collega's. Het kan ze niets schelen dat ik geüniformeerd ben. Als een mannelijke collega het woord voert, word ik genegeerd en doen ze alsof ik er niet ben, tenzij ik in de weg sta. Als ik het gesprek voer, word ik vaak niet geaccepteerd als gelijkwaardige gesprekspartner. Ze vallen me in de rede, nemen me maar zelden meteen serieus, zeggen dat ik moet oprotten of schelden me uit. Het misprijzen uit zich in stomme opmerkingen, scheldwoorden, provocaties en beledigingen, vaak van heel laag niveau. Liefst in gebroken Duits of in de eigen taal.

Dat ze me als agent of drager van een uniform niet willen accepteren, kan ik nog net begrijpen. Daar kan ik heel professioneel in blijven. Maar bij het gebrek aan respect, de beledigingen en vernederingen die ik me als vrouw en als buitenlandse moet laten welgevallen, vind ik dat al veel moeilijker. Daar kan en wil ik niet aan wennen, en ik tolereer het evenmin.

Ten eerste ben ik geen moslima en ten tweede leef ik niet in een moslimmaatschappij. Ik zal niet toestaan dat de in ons land zwaarbevochten emancipatie ingeperkt, omzeild of zelfs afgeschaft wordt. Want dat willen die macho's, ook al lachen ze dan nog zo vriendelijk. Je kunt nog zo beleefd met ze praten, uit alles spreekt gebrek aan respect, gebrek aan acceptatie en discriminatie. Niet altijd, maar elke keer is er een te veel.

Wat brengt me tot deze uitgesproken mening? Een geschoold mens zou weglopen, een ongeschoold iemand zou erop slaan. Als agent kan ik geen van beide doen, dus sta ik onbeschermd bloot aan die voortdurende provocaties. Daar wordt gebruik van gemaakt. Ik kan alleen reageren en heb daarbij maar heel weinig speelruimte.

Wanneer ik tijdens die dagelijkse machtsstrijd mijn emoties toon, zeggen mijn mannelijke collega's vaak dat ik me niet zo moet laten kennen. Maar het gaat me er niet om dat ik me laat kennen, het gaat erom dat de politie niet alles over haar kant mag laten gaan. Als we dat gedrag niet meteen in de kiem smoren, leren de macho's alleen maar dat de politie (in haar geheel, dus niet alleen de vrouwen) er niets tegen doet. Daar hebben ze namelijk een soort zesde zintuig voor. De volgende keer gaan ze dan weer een stapje verder. Als we geen grenzen stellen, gaan ze steeds verder. Veel collega's willen die confrontatie niet aangaan, hoewel ze natuurlijk onvermijdelijk is. Zelfs wanneer vrouwelijke collega's worden gediscrimineerd, heeft de-escalatie de hoogste prioriteit. Niemand wil de lont in het kruitvat gooien, niemand wil gewond raken en meer stress ervaren dan nodig. Daar is ook niets mis mee. De burgers moeten zien dat de politie zo communicatief, transparant en de-escalerend als mogelijk handelt. Het woord is ons beste wapen. Vaak kunnen we daarmee voorkomen dat de situatie escaleert.

Maar dat wil niet zeggen dat we het woord niet kunnen gebruiken om helder en duidelijk te zijn. Voor mij is dat zelfs een plicht. Vooral als scheldpartijen als 'Flikker op, rothoer' geen uitzondering meer zijn en zelfs relatief onschuldig. Zelfs de jongste moslims schelden niet-moslima's al uit voor hoer, sloerie of snol, jongens die nog niet eens begrijpen wat die woorden betekenen. Zelfs schoolkinderen zijn ervan overtuigd dat alleen hun 'eigen' vrouwen zedelijk zijn, omdat ze als maagd het huwelijk in gingen en niet zoals de anderen het ene bed in en het andere uit zijn gesprongen. Wie met zo'n vrouwbeeld opgroeit, zet zijn woorden vroeg of laat waarschijnlijk om in daden.

Mijn collega's en ik waren op weg naar een melding over een familieruzie. We belden aan en een Turkse man van middelbare leeftijd deed open. In de woning stonden een paar in folie verpakte voorwerpen, kartonnen dozen en gevulde tassen op de grond, op de achtergrond klonken stemmen. Kennelijk was er een verhuizing aan de gang.

Ik vroeg de man of hij de politie had gebeld. Hij ontkende en zei dat alles in orde was. Niemand had de politie gebeld. Op de gang stond een jonge vrouw, die de dochter van de man bleek te zijn en me angstig aankeek. Ze durfde echter niets te zeggen. Aan haar gedrag leidde ik af dat zij had gebeld, en ik vroeg haar daarnaar. De man antwoordde meteen dat zijn dochter niemand had gebeld. De vrouw staarde naar de grond.

Omdat ik zeker wilde weten dat we op het juiste adres waren, liet ik de centrale het nummer traceren. Prompt begon in de huiskamer een telefoon te rinkelen. Ik nam de vrouw apart, zodat ik haar rustig kon ondervragen. Ze vertelde me dat de familie die dag nog naar Turkije wilde reizen. Door al die mensen en de stress was er ruzie ontstaan en zij had uit angst de politie gebeld. Er was geen sprake geweest van een handgemeen.

Ik voelde aan alles dat ze gespannen en onzeker was, en

dat dit waarschijnlijk niet kwam door mijn aanwezigheid, maar door haar vader. Ik probeerde haar gerust te stellen, om zo meer te weten te komen. Ze bood haar excuses aan voor het telefoontje en zei dat ze niet wist wat ze moest doen. Voor mij waren er geen excuses nodig, en dat zei ik dan ook. Ze had volkomen juist gehandeld. Meer kon of wilde ze niet vertellen.

Ik liep met haar terug naar de anderen en praatte met haar vader, die volgens mij vanaf het begin al had geweten wie er had gebeld. Ik zei dat het niet erg was en dat hij in het vervolg eerlijk en open moest zijn tegen de politie. Meer konden we op dat moment niet doen.

Bij het verlaten van de woning zag ik echter dat de vader zijn dochter een met haat vervulde blik toewierp, die weinig goeds voorspelde. Ik greep mijn kans en hield een waarschuwingsgesprek met hem, waarin ik hem duidelijk maakte dat we best begrepen dat de zaak niet zo harmonieus was als hij hem deed voorkomen. Ik dreigde met vervolgmaatregelen, voor het geval hij zijn dochter iets zou aandoen. Hij was boos en antwoordde dat geweld in zijn familie niet voorkwam. Ik dacht daar anders over. Misschien geen fysiek geweld, maar wel psychisch, wat veel erger is. Ik kon echter niets bewijzen en dus moesten we de woning verlaten.

Het gedrag van de jonge vrouw was typisch voor onderdrukte moslimvrouwen. In de nabijheid van mannen durven ze vaak niets te zeggen, uit angst voor eventuele gevolgen. Daarom is het zo belangrijk bij de eerste signalen meteen een gesprek onder vier ogen te voeren met deze vrouwen. In dit geval is het voor de verandering juist een voordeel dat ik vrouw ben en bovendien nog buitenlandse.

Alleen al door mijn geslacht en afkomst straal ik vertrouwen uit en de vrouwen durven tegen mij meestal meer te zeggen dan tegen mijn mannelijke collega's. Maar vaak kan ook ik weinig bereiken.

Waarom zijn die vrouwen zo passief, waarom proberen ze niet weg te lopen? In enkele gevallen ligt dat extra ingewikkeld, maar eigenlijk komt het erop neer dat ze zich in hun lot schikken omdat ze bang zijn voor een 'sociale dood'. De angst dat ze door hun familie worden verstoten of zelfs zullen worden vervolgd, de angst voor wraak, de angst dat ze de rest van hun leven alleen zullen zijn, is sterker dan de behoefte aan zelfbeschikking en vrijheid. Hierbij moeten we ook niet vergeten dat veel van deze vrouwen niet eens weten wat zelfbeschikking is. Ze kunnen het dus ook niet missen of gebruiken. Ze schikken zich daarom in hun lot, zelfs als daarmee een depressie op de loer ligt.

Bij de hierboven beschreven situatie liep de zaak (nog) niet uit de hand. Voor een andere Turkse vrouw die ik tijdens mijn werk leerde kennen, was de afloop minder prettig. Ze was twintig jaar oud, modern, stond open voor haar omgeving en was goed geïntegreerd. Toch werd ze door haar eigen familie mishandeld. Ze bloedde in haar gezicht, dat bezig was op te zwellen, en ze huilde toen we arriveerden. Terwijl ze in de ambulance werd verpleegd, vertelde ze me haar verhaal.

Haar vader en haar broer hadden haar samen met hun vuisten bewerkt. De reden voor die mishandeling was dat ze wilde studeren en uit huis wilde. Dat konden de heren des huizes absoluut niet verkroppen. De mannen vonden dat hun dochter en zuster pas het huis uit mocht als ze werd uitgehuwelijkt. Ik had medelijden met haar en ik raadde haar aan zo snel mogelijk haar familie te verlaten en hulp te zoeken. Er zijn hiervoor meerdere instanties, die direct hulp kunnen bieden. Verder zei ik tegen haar dat ze moest weggaan voordat het geweld een gewoonte was geworden. De ervaring leert me dat slachtoffers die eenmaal ervaring hebben met geweld, daar in de toekomst ook weer te maken mee zullen krijgen, in steeds extremere mate. Op enkele uitzonderingen na is escalerend geweld de regel.

Het zal me altijd wel een raadsel blijven waarom mensen een eigen familielid, van wie ze zeggen te houden, lichamelijk en geestelijk verwonden omdat diegene een eigen leven wil leiden. Maar de eer gaat boven alles, en gewelddadigheid blijft gewelddadigheid, waarschijnlijk ook binnen de familie van deze jonge Turkse vrouw.

Ze werd naar het ziekenhuis gebracht en ik kon haar helaas niet dwingen weg te gaan bij haar familie. Ik weet niet wat ze uiteindelijk heeft gedaan. Waarschijnlijk is ze weer teruggegaan. Want dat doen de meesten van deze vrouwen, omdat ze verder (bijna) niemand anders hebben en weglopende vrouwen uit de Turkse gemeenschap worden gestoten. Toch hoop ik dat deze jonge vrouw de moed heeft gehad weg te gaan. Al was het maar voor even. Het is belangrijk om afstand te kunnen nemen, om rustig na te denken over je leven en knopen door te hakken. Dat geldt niet alleen voor moslima's.

Ook mijn vader werd boos toen ik mijn ouders op een avond vertelde dat ik na het voltooien van mijn opleiding uit huis wilde gaan. Alleen al vanwege mijn onregelmatige arbeidstijden heb ik vrijheid en ruimte nodig en beide had ik thuis niet. Mijn vader had er zichtbaar moeite mee daar begrip voor op te brengen, ik had hem nog nooit zo opgewonden gezien. Het was heel duidelijk dat we uit verschillende generaties kwamen. Ik werd thuis niet onderdrukt, achtergesteld of iets dergelijks, maar ook een besluit dat iemand in alle vrijheid mag nemen, kan impopulair zijn, dat is de prijs van de vrijheid. Mijn ouders weten dat inmiddels. Sinds ik het huis uit ben, begrijpen we elkaar veel beter. Veel moslimouders, zelfs uit de derde generatie, hebben er nog altijd heel veel moeite mee dat hun kinderen eigen beslissingen nemen. Ik heb soms het idee dat vooral jonge mannen enorm regressief zijn.

Natuurlijk zijn vrouwen niet beter dan mannen, en ook binnen moslimgezinnen zijn zij niet altijd het slachtoffer.

Een paar weken geleden kreeg ik een melding van een ruzie bij een Turks gezin, een vechtpartij tussen broer en zus. De broer, die halverwege de twintig was, en het nog minderjarige meisje waren elkaar luidkeels in de haren gevlogen over iets onbenulligs. De broer stond buiten op ons te wachten, de jonge vrouw kwam kort daarop naar buiten. Ze oogde heel zelfbewust, een gespierde voetbalster, die zeker niet over zich heen liet lopen. Dat merkten ook mijn collega en ik: we probeerden het woedende meisje uit de buurt van haar broer te houden, maar ze liet zich niet kalmeren en bij de schermutseling die volgde, raakte ik lichtgewond. Uiteindelijk namen we haar mee naar het bureau, omdat ze zich bleef verzetten. Tot mijn verbazing bleek ze daar ineens heel berouwvol en ik merkte dat ze enorm spijt had van haar agressieve gedrag ten opzichte van haar broer. We raakten aan de praat en uiteindelijk probeerden we samen te bedenken hoe ze het probleem met haar oudere broer kon oplossen. Deze ervaring heeft me geleerd dat er na een confrontatie tussen de politie en burgers ook weer toenadering kan plaatsvinden, dat er ook ruimte is voor empathie. Helaas is dat in de praktijk veel te weinig het geval.

Het verbaast me dan ook niet dat binnen onze maatschappij de kloven tussen de Duitse bevolking en de parallelle wereld waarin bepaalde moslimgroepen zich bevinden, nog altijd enorm diep zijn. Een van mijn geïntegreerde Turkse vriendinnen vertelde me dat tot voor kort een groepje Turkse vrouwen regelmatig bijeenkwam, om beurten bij een ander thuis. Mijn vriendin kreeg die bijeenkomsten, waar haar moeder bij was, maar zijdelings mee. Op een gegeven moment hoorde ze echter hoe een van de Turkse vrouwen tegenover de andere vrouwen beweerde dat moslimkinderen op Duitse scholen per definitie achtergesteld werden. De kinderen moesten daarom hun onderwijzers meteen tegenspreken zodra ze zich achtergesteld voelden, en de volwassenen moesten nooit de kant van de school, maar altijd die van het kind kiezen. Natuurlijk mag je de besluiten van een school, bijvoorbeeld over vervolgonderwijs, in twijfel trekken. Als betrokken ouder is dat zelfs verstandig. Maar deze vrouw deed het voorkomen alsof ze slachtoffer was van een samenzwering tegen alle moslims. Mijn vriendin mengde zich in het gesprek en probeerde over haar eigen ervaringen te vertellen, die heel anders waren. Maar de ander liet zich niet overtuigen en tot ander gedrag bewegen.

Is dat een uitzondering? De manipulatie van vrouwen lijkt anders prima te werken wanneer we het integratieprobleem alleen bij Duitsers zoeken of bij andersgelovigen, en niet bij de eigen mannen of hun ideeën over de rolverdeling tussen man en vrouw.

Wanneer moslima's tegen me zeggen dat ze hun hoofddoek absoluut vrijwillig dragen, als teken van hun liefde voor Allah, dan vind ik dat meestal moeilijk te geloven. Eigenlijk geloof ik het gewoon helemaal niet. Niemand kan me wijsmaken dat dit goed samengaat met het leven in een open maatschappij zoals wij die hier in Europa kennen. Integendeel. Voor mij is het een teken van een bewuste afzondering van de samenleving.

Als kind zag ik amper vrouwen met een hoofddoek, die waren er gewoon bijna niet. Tegenwoordig lopen er elk jaar meer hoofddoekdraagsters door de binnenstad van Bochum. Veel meer zelfs dan ik een paar jaar geleden tijdens een vakantie in Istanboel zag. Bochum ligt volgens mij veel meer naar het westen dan Istanboel, dus vind ik dat een zorgwekkende ontwikkeling. Niet de vrouwen zelf, die vormen over het algemeen geen bedreiging of gevaar. Ik vind het echter wel bedenkelijk dat er niet alleen vaker 'gewone' hoofddoekjes te zien zijn, maar ook nikabs, boerka's en dergelijke.

Tijdens een nachtdienst hield ik een personenauto staande met daarin vier volledig vermomde vrouwen in zwarte nikabs. Ze luisterden naar een cd in hun eigen taal; het klonk als een voorganger of een leraar. Het was een bizarre situatie, een beetje bevreemdend zelfs. Achter de autoruiten bevond zich een soort oosterse capsule, die helemaal los leek te staan van de omgeving.

Ik controleerde alleen de bestuurster, omdat ik liever

niet binnendrong in deze wereld. Deels uit respect, omdat ik niet wist of ik de vermomde passagiers (volgens mij waren het inderdaad vrouwen) niet voor schut zou zetten, en deels omdat ik geen confrontatie wilde. Ik had toen nog weinig ervaring met dit soort situaties en kon lastig beoordelen of de vrouwen zouden meewerken of dat ze zich misschien zouden verzetten. Dat is extra lastig als je alleen iemands ogen kunt zien, en naar de rest alleen kunt gissen. Alleen al daarom zouden nikabs en boerka's verboden moeten zijn, zeker bij het autorijden. Ze beperken of belemmeren immers het zicht.

Natuurlijk wilde ik in deze situatie geen sancties uitdelen en daarom vroeg ik niet naar de identiteitsbewijzen van de andere vrouwen. Maar eigenlijk kon ik het rijbewijs van de bestuurster ook niet goed controleren. Ze overhandigde me weliswaar een rijbewijs met daarop een foto van een vrouw, maar die vrouw had een hoofddoek om en door haar nikab kon ik niet zien of zij dat was. Wat moest ik doen? Eisen dat ze haar sluier optilde? In dit geval beëindigde ik de controle omdat ik verder niet in deze wereld wilde doordringen en ik het evenredigheidsbeginsel wilde respecteren. Als nikabs gemeengoed worden, zullen we daar anders mee om moeten gaan en gaan eisen dat vrouwen hun sluier afleggen. Anders kunnen we niemand meer controleren.

Dit sluit naadloos aan bij de discussie over de hoofddoek in openbare dienst. Voor politieagenten zijn religieuze kentekens verboden. Dat geldt voor hoofddoeken net zo goed als voor kruisjes, keppeltjes of andere zaken. Ik vind dat prima. In openbare ambten en publieke functies is daar geen plek voor. Het maakt mij niet uit wat ambtenaren in hun vrije tijd doen, of ze dan een gebedskleedje uitrollen of een rozenkrans bidden, gebedsriemen omdoen of een boerka aantrekken, zolang het maar legaal is. Ambtenaren vertegenwoordigen de staat. Ze moeten neutraal zijn. Een hoofddoek is niet neutraal.

In de kwestie rond islamitische kledingvoorschriften voor vrouwen moet ik nog een voorbeeld noemen, waarbij zowel het vrouwbeeld als de daaruit voortvloeiende integratieproblemen aan bod komen. Dat jonge meisjes niet op zwemles mogen omdat ze dan te veel blote huid tonen, is inmiddels een bekend fenomeen. In dit geval vind ik het echter absoluut onacceptabel om rekening te houden met ‘culturele’ gevoeligheden.

Meisjes of vrouwen zwemlessen ontzeggen of ze in zakken hullen is niet alleen absurd, maar gewoon weer een voorbeeld van vrouwenverachting. Als ik mijn zin kreeg, zou ik verplichte zwemlessen invoeren en een boerkaverbod, en overtredingen met geldstraffen beboeten.

Problemen rond verschillende opvattingen over opvoeden en wat een vrouw wel of niet mag, eindigen helaas niet altijd bij de rand van het zwembad. Ook daarbuiten dreigt het gevaar. Die arme mannen worden voortdurend in extase gebracht, puur omdat er toevallig een vrouw in de buurt is, en dus hebben de vrouwen de plicht zich te verhullen, moeten ze hun haren bedekken (behalve voor hun man) en hun ogen neerslaan om zo chaos en ontucht te voorkomen. Logica uit de steentijd.

Die opvattingen over de rolverdeling tussen man en vrouw kunnen ernstige gevolgen hebben. Want die eerdergenoemde jonge Turkse vrouw die slachtoffer werd van huiselijk geweld, is geen uitzondering. Migrantenvrouwen hebben bovengemiddeld vaak te maken met geweld, zoals de cijfers over en instellingen voor slachtoffers bevestigen. Juist bij twijfel wordt de eer tot het uiterste verdedigd, tot aan moord toe.

Natuurlijk komt het niet overal zover, maar wij moeten zelfs de kleinste aanwijzing serieus nemen. Vooral meisjes mogen geen vrienden ontmoeten of zelfs hebben, en vooral meisjes wordt hun vrijheid ontnomen, terwijl de jongens vrijwel alles mogen. Om de maagdelijkheid van de dochters te beschermen, zijn vrijwel alle middelen toegestaan.

Zoals al eerder vermeld, is een huwelijk geen zaak tussen twee mensen, maar een familieaangelegenheid. Gearrangeerde huwelijken zijn vrij algemeen in de islamitische cultuur. Vaak mogen jonge vrouwen de voorgestelde kandidaten afwijzen en hun veto uitspreken. Als ze dat niet mogen, spreken we van een gedwongen huwelijk. In uiterst ouderwetse kringen is zelfs polygamie mogelijk, al kunnen we ons dat in de eenentwintigste eeuw nauwelijks meer voorstellen.

Helaas betekent het huwelijk vaak geen einde van het geweld. De gehoorzame dochter gaat naadloos over op de gehoorzame echtgenote. Een van haar plichten is het vervullen van de seksuele wensen van haar man, waarbij haar eigen seksualiteit wordt genegeerd. In de ergste gevallen leidt dit tot verkrachting binnen het huwelijk. Zelfs als de hele familie ervan weet, tot de buren aan toe, wordt dat stilgezwegen. Want het alternatief, een scheiding, is onwenselijk en moet tegen elke prijs worden voorkomen. Zo is het leven van veel vrouwen een hel op aarde.

Een verkrachting binnen het huwelijk is geen privéaangelegenheid, ook al hoort het dan zogenaamd bij de 'cultuur', ook al gebeurt het omdat het nou eenmaal altijd al gebeurde en omdat iemand meent dat hij ergens recht op heeft. Het is een misdrijf. Ook vrijheidsberoving en elke andere vorm van onderdrukking moeten worden bekendgemaakt en bestreden. Helaas vallen ze vaak moeilijk te bewijzen.

Zelfs bij een begrip als 'eremoord' komt de achterliggende gedachtewereld naar voren en versluiert bijna dat ook dit een misdrijf is. Voor veel te veel vrouwen uit deze kringen blijft emancipatie een onbekend begrip.

Gelukkig gloort er hoop, ondanks alle tegenstand. Ook ik heb meerdere vriendinnen die meer vrijheden hebben bevochten dan hun moeders hadden. Het contact met de niet-islamitische wereld is doorslaggevend geweest voor deze ontwikkeling. Zonder voorlichting over het recht van de vrouw en zonder hulp bij problemen, dus zonder hulp van buitenaf, gebeurt er niets. Natuurlijk is het belangrijk dat vrouwen de taal van het migratieland spreken om hulp te kunnen accepteren. Maar ze moeten ook wel weten dat die hulp bestaat, dat ze er niet alleen voor staan. Die informatie moet op scholen worden verstrekt, en dan niet terloops. Waarom zou 'mensenrechten' geen apart schoolvak kunnen zijn? Ik vind dat we daar niet vroeg genoeg mee kunnen beginnen.

Dat de Nobelprijs voor de Vrede in 2014 naar Malala Yousafzai ging, was een belangrijk signaal voor meer rechten voor vrouwen, voor emancipatie, voor verzet tegen het patriarchaat. Maar er zal niets veranderen als we, zodra het applaus voor deze moedige jonge vrouw is verstomd, als westerse wereld niet de hand in eigen boezem steken. Het probleem ligt niet alleen in de Derde Wereld, maar ook hier bij ons.

Ik weet niet hoe de integratie van migranten kan slagen zonder echte vrouwenemancipatie. Wat mij betreft gaat het niet om gewoon een beetje scheve verhoudingen of wat achterstand, maar om een fundamentele tegenstelling.

Als we op begrip niet hoeven te rekenen, moeten we ook hierbij een niet mis te verstaan signaal afgeven tegen vrouwonvriendelijk gedrag. Gedwongen huwelijken moeten strafbaar worden, maar ook het gebrek aan respect ten opzichte van vrouwen in openbare dienst moet als vergrijp bestraft kunnen worden, met hardere sancties voor recidivisten.

OOST-EUROPEANEN – DEELS MAAR LASTIG TE INTEGREREN

Over vooroordelen heb ik het al eerder gehad, maar hier wil ik daar dieper op ingaan. We begaan allemaal wel eens de fout dat we aan de meerderheid van een bevolking positieve eigenschappen toeschrijven en aan de minderheid negatieve. Duitsers zijn stipt, ijverig en hardwerkend, Grieken kunnen niet met geld omgaan en liggen liever in de zon. Dat zijn typische clichés waar veel Duitsers zich aan bezondigen. Het staat als een paal boven water dat er in Duitsland meer dan genoeg delinquenten en overtreders zonder migratieachtergrond zijn. En ik wil opnieuw benadrukken dat we niet de fout moeten begaan mensen te veroordelen, alleen omdat ze tot een bepaalde bevolkingsgroep behoren, om nog maar te zwijgen van racistische, mens- en buitenlanderonvriendelijke beweringen. Dat soort opmerkingen treft mij persoonlijk, want mijn familie bestaat niet alleen uit Grieken, maar ook uit Bulgaren, die deels in Duitsland, deels in Bulgarije wonen. En juist over zogenaamd 'werkschuwe' en 'stelende' Bulgaren doen hier in Duitsland zeer veel clichés de ronde. Dat ik eigenlijk welwillend sta ten opzichte van deze mensen, doet niets af aan het feit dat we bestaande problemen open en eerlijk moeten benoemen. Alleen zo heeft de integratie in de toekomst kans van slagen. Laten we dus de volgende stap op dun ijs doen: migranten uit Oost-Europa. Net als bij de regressief ingestelde moslims heb ik ook bij deze groep telkens weer de ervaring, dat traditioneel gedachtegoed botst met de dagelijkse realiteit van leven in een moderne, westerse beschaving. Dat leidt onvermijdelijk tot conflicten. Voor een deel hoort dat bij immigratie en deels is het ook eenvoudig te verklaren. Enerzijds is er sprake van economische noodsituaties en politieke instabiliteit en anderzijds van het welvarende Westen en de belofte op een beter leven, een beter vooruitzicht. Meer is er meestal niet nodig.

Doordat deze landen nu deel zijn van de Europese Unie is Midden-Europa dichterbij gekomen en zijn er nieuwe mogelijkheden ontstaan. Maar ook nieuwe problemen. Dat was zo bij elke uitbreiding van de EU in oostelijke richting, en is ook weer te zien bij elk nieuw lid. Vooral sinds de grenzen met Bulgarije en Roemenië, de twee 'armenhuizen' van Europa, werden opengesteld, zijn sommige misstanden in Duitse steden erger geworden.

Er zijn verschillende probleemgroepen aan te wijzen, van verschillende afkomst. Ze vertonen weinig overeenkomsten, met weinig overlappingen. Waar onder Sinti en Roma nog meerdere families met een moslimachtergrond voorkomen, hebben de meeste Oost-Europeanen in hun thuisland én in hun migratieland weinig contact met moslims. En als ze al contact hebben, dan is dat vaak in negatieve zin, zoals ik heb beschreven.

Voor veel Oost-Europeanen verloopt de inburgering moeiteloos. Maar natuurlijk krijgen we ook te maken met zorgenkindjes, deels met criminele bedoelingen. Hoe heterogeen de groep Oost-Europeanen in hun geheel ook is, toch valt op dat er een aantal kenmerken steeds weer de kop opsteekt als het gaat om integratieproblemen en/of criminaliteit: slechte kennis van het Duits, laag opleidingsniveau en alcoholmisbruik.

Waar delinquenten uit de moslimcultuur vooral in aanraking komen met de politie vanwege overvallen en geweldsdelicten, vallen Oost-Europeanen vooral op door inbraken, babbeltrucs en bedrog. Voor mij zit hem daar het grootste verschil, ook met betrekking tot het integratievermogen: geweld tegen anderen en tegen de politie komt minder vaak voor. Toch zijn er veel slachtoffers, niet alleen door materiële schade, maar ook doordat mensen bang zijn opnieuw slachtoffer te worden.

Sinds het wegvallen van grenscontroles is de criminaliteit door internationaal opererende bendes, die allerlei misdaden plegen, van inbraken en tasjesroof tot overvallen en dergelijke, met sprongen toegenomen. Het verband is onmiskenbaar. Volgens de politiestatistieken zijn er elk jaar meer woninginbraken. Tussen 2008 en 2013 zijn deze met 30 procent gestegen. We kunnen er wel van uitgaan dat dit het topje van de ijsberg is.

Mobiele inbrekersbendes, die door heel Duitsland trekken en in verschillende steden opereren, zijn bittere realiteit geworden. Meestal hebben zij geen vaste woon- en verblijfplaats, zodat niemand vat op ze krijgt. Maar zelfs mensen met een vaste woonplaats hoeven in de praktijk van de staat nauwelijks sancties te verwachten. Nog even afgezien van het feit dat het percentage opgeloste gevallen heel laag is, want in de meeste gevallen is er geen beschrijving van de dader(s). Wanneer wij als politie bij een inbraak worden geroepen, zijn de daders al gevlogen voor wij ter plaatse zijn. In de zeldzame gevallen dat er een getuige is van de inbraak, worden ze opvallend vaak beschreven als 'Oost-Europees' of 'zigeunerachtig'.

Even tussendoor: 'mobiele etnische minderheden' of 'Europese rondtrekkende arbeiders' klinkt natuurlijk beter dan 'zigeuners'. Maar een ander etiketje, een ziekelijke trend in allerlei aspecten van het dagelijks leven, lost de problemen uiteraard niet op. Willen de Grieken de 'trojka' niet langer in hun land hebben? Dan noemen we het gewoon de 'instellingen', probleem opgelost! Het is niet te geloven dat mensen zich met zulke taalspelletjes laten bedotten. Of het wordt gedaan uit angst of overdreven beleefdheid, zodat niemand zich gekwetst of gediscrimineerd voelt. Woorden als 'zigeunerschnitzel' of 'negerzoen' zijn intussen enorm beladen. Natuurlijk kan racisme ook verbaal zijn en kunnen woorden worden omgezet in daden, maar laten we het kind niet met het badwater weggooien.

Of we ze nu 'gastarbeiders', 'immigranten', 'migranten', 'mensen met een migratieachtergrond', 'burgers met een buitenlandse achtergrond' of wat dan ook noemen, van belang is hoe we met elkaar omgaan, hoeveel respect we voor elkaar hebben, niet het etiket dat we plakken. C'est le ton qui fait la musique, zoals de Fransen zeggen. Maar terug naar de Oost-Europeanen of de als zodanig omschreven inbrekers.

Het is heel moeilijk deze daders te arresteren. Dat komt deels doordat we niet voldoende politie ter beschikking hebben, maar ook doordat de inbrekers professionals zijn, met een uitstekende organisatie. Binnen een paar seconden kunnen ze geruisloos in een pand inbreken, en even snel als ze hebben ingebroken, verdwijnen ze ook weer. Ze maken een uitgebreide studie van vluchtwegen en houden die ook vrij.

Soms verstoppen ze zich in een achtertuin, een plantsoen of in een busje waar ze snel in kunnen verdwijnen en dat geblindeerde ramen heeft. Daar wachten ze tot de politie klaar is met hun sporenonderzoek en vertrekt. Dan gaan ze verder. Niet in de directe omgeving, want de buren zijn nu alert en de kans dat ze nu worden ontdekt is groter. Voorlopig althans.

Als agenten moeten we bedenken wat de meest waarschijnlijke vluchtroute is, en dan nog ongelofelijk veel geluk hebben als we de daders willen vangen. Maar zelfs als we ze te pakken krijgen, wil dat nog lang niet zeggen dat het probleem is opgelost. Want wat gebeurt er als we de inbrekers kunnen arresteren? Niet veel, zoals uit onderstaand voorbeeld blijkt.

Een opmerkzame getuige meldde een aantal auto-inbraken bij de politie. Hij gaf zo'n goede beschrijving van de daders dat we ze in voorlopige hechtenis konden nemen. Het ging om een aantal mannen en vrouwen van Oost-Europese afkomst, die vanwege vergelijkbare delicten al in heel Duitsland hadden moeten voorkomen. Ze waren in bezit van iets wat leek op de buit van een diefstal evenals een bundel met meerdere honderden euro's in grote en kleine coupures. Het klinkt als een uitgemaakte zaak.

De feiten werden voorgelegd aan de officier van justitie. Omdat de daders geen vaste verblijfplaats in Duitsland hadden en ook niet waren geregistreerd, werd een zekerheidsstelling[5] geëist van een paar honderd euro, om te garanderen dat het proces zou doorgaan. Omdat de daders genoeg geld bij zich hadden (de vermoedelijke buit), konden ze die zekerheidsstelling moeiteloos opbrengen. De rest van het geld dat ze bij zich hadden, kregen ze op bevel van het Openbaar Ministerie weer terug. Na afloop van de procedure werden ze weer vrijgelaten. En wat gebeurde er een dag later? Dezelfde getuige meldde zich weer bij de politie. Hij had de daders van de vorige dag weer gezien terwijl ze bezig waren met een inbraak. Omdat ze hem hadden gezien, konden ze vluchten voor wij ter plaatse waren.

Het interesseert de daders volstrekt niet of ze worden gearresteerd of niet. De meesten zijn prima op de hoogte van ons krakkemikkige rechtssysteem. Ze weten dat ze na een kort verblijf op het bureau weer worden vrijgelaten, of ze die zekerheidsstelling nu kunnen opbrengen of niet. Niemand houdt ze tegen. Zoals bij het onderstaande voorbeeld, dat ik meemaakte met twee Poolse dames die bij een supermarkt voor ongeveer 300 euro aan rookwaren meenamen: de winkelbeveiliger had de vrouwen op heterdaad betrapt en de politie gebeld. Ook hier bleek dat de vrouwen niet in Duitsland woonden en dus namen we ze mee naar het bureau. Net zoals bij het hierboven genoemde geval was een zekerheidsstelling hier aan de orde, maar deze twee hadden geen contant geld bij zich. Normaal gesproken zouden de verdachten dan in voorarrest worden genomen, maar omdat

5 Om te garanderen dat een proces kan doorgaan moeten de daders een financiële zekerheid afgeven; zo kunnen ze een hechtenis of geldboete voorkomen.

de straf dan zwaarder was dan het vergrijp gaf het Openbaar Ministerie hier geen opdracht toe. De vrouwen mochten dus weer gaan.

Dit soort situaties maken wij op het bureau steeds weer mee. Ik wil niet dat u uw vertrouwen in onze rechtsstaat kwijtraakt, maar ik wil u ook niet in de waan laten of voorliegen dat alles in kannen en kruiken is. Want dat is zeker niet zo. Dat is nu eenmaal de trieste waarheid.

Wat rest de burger dan nog, als zijn have en goed niet beschermd worden door de staat? Dan moet hij zichzelf beschermen. Dat is de enige raad die ik kan geven. Bescherm of beveilig uw huis zo goed mogelijk. Het zijn professionele inbrekers die normale ramen en deuren in een paar seconden open hebben. Verstevig uw ramen en deuren, installeer een alarm en bewegingssensoren en neem een hond, als dat kan. Het zijn allemaal dingen die uw huis veiliger kunnen maken.

Honderd procent bescherming biedt het echter niet. Een inbreker die wil inbreken, komt echt wel binnen. De vraag is alleen, hoeveel tijd heeft hij nodig? Tijd is van doorslaggevend belang, want hoe langer een inbreker nodig heeft om in een huis binnen te komen, hoe groter de kans dat hij wordt gesnapt. Dat is een eenvoudig sommetje. Als inbrekers na twee of drie minuten nog niet binnen zijn, geven ze het op, dus vertragen is uw doel.

Hoe meer hindernissen, hoe eerder inbrekers opgeven en op zoek gaan naar een ander doelwit. Als ze eenmaal binnen zijn, weten ze over het algemeen heel goed waar ze hetgeen ze zoeken, kunnen vinden. En dan ook alles. Wie waardevolle spullen bezit, zoals dure sieraden, harde schijven met belangrijke gegevens, spaarboekjes of dergelijke, moet overwegen een kluisje aan te schaffen of een bankkluis te huren om die dingen daarin veilig op te bergen. Er zijn echter ook inbrekers geweest die zich tegenover de buren voordeden als verhuizers en hulp vroegen de kluis naar beneden te tillen. Eigenlijk (al is dat in het dagelijks leven natuurlijk niet praktisch) kan de conclusie alleen maar zijn dat mensen belangrijke, waardevolle of onvervangbare spullen niet thuis zouden moeten opbergen. Naar verwachting zal het aantal inbraken alleen maar stijgen. En daarmee ook de kans dat u slachtoffer wordt.

Op dit moment wordt er iedere drie minuten ergens in Duitsland ingebroken. Omdat de politie overbelast is en door de politiek in de steek is gelaten onder het mom van personeelsvermindering, investeren mensen niet meer alleen in dure beveiligingstechniek, bewakingscamera's en alarminstallaties, maar floreren ook beveiligingsbedrijfjes. Ook worden er steeds meer burgerwachten gevormd, vooral in landelijke gebieden. In principe is er niets tegen burgerwachten, zolang ze zich aan de wet houden en bij contact met daders niet het recht in eigen hand nemen en zelf straffen uitdelen, maar de politie bellen. In landelijke gebieden nemen armlastige gemeentes ook steeds vaker beveiligingsbedrijven in de arm, omdat de politieagenten de afgelopen jaren zijn wegbezuinigd.

Andere bij Oost-Europeanen geliefde misdrijven zijn babbeltrucs en bedriegerijen. Bepaalde trucs zijn daarbij erg succesvol en populair, bijvoorbeeld de klembordtechniek. Een of twee personen spreken hierbij een argeloze voorbijganger aan en doen net alsof ze voor een goed doel werken, bijvoorbeeld vluchtelingenhulp, dierenbescherming, bestrijding van kinderarmoede of iets dergelijks, en dan vragen ze om steun door middel van een handtekening. Daarbij houden ze een klembord met daarop een foldertje over het betreffende onderwerp onder de neus van de voorbijganger, net zoals ook bonafide hulporganisaties doen bij hun acties. Terwijl de voorbijganger het blaadje met de akelige foto's van doden of gewonden of hongerende kinderen bekijkt en de tekst leest, is hij zo afgeleid dat hij niet in de gaten heeft dat ondertussen zijn portemonnee wordt gerold. Maar vaak wordt ook gewoon om een gift gevraagd, waarbij het slachtoffer niet merkt dat er meer geld uit zijn portemonnee verdwijnt.

Deze klembordtechniek wordt ook beoefend met flyers, foto's of andere 'informatiematerialen'. De daders werken altijd in groepjes met een vaste taakverdeling. Een observeert, de andere leidt af, en weer anderen reageren. Als de buit binnen is, wordt deze meteen doorgegeven, zodat de politie niets meer vindt wanneer er arrestaties worden gedaan.

Hetzelfde gebeurt bij geld wisselen, bijvoorbeeld voor winkelwagentjes, bij het verkopen van rozen en vooral bij agressief bedelen. Wees op uw hoede! Het is niet mijn bedoeling u bang te maken, maar u moet wel alert zijn. Ik besef dat veel lezers zich angst aan laten jagen.

Zorg ervoor dat u zo min mogelijk contant geld bij u heeft en bewaar belangrijke documenten als identiteitskaart, rijbewijs, creditcards en dergelijke zoveel mogelijk los van elkaar, zodat u niet meteen alles kwijt bent als uw portemonnee wordt gestolen. Geld kwijtraken is irritant, maar diefstal van belangrijke papieren of van uw huissleutels kan verstrekkende gevolgen hebben.

Als bijvoorbeeld uw handtas met daarin uw identiteitsbewijs, de sleutels van uw huis, auto en werk wordt gestolen, dan weten de daders waar u woont en kunnen ze in uw huis en uw auto komen. Nieuwe sleutels en sloten laten maken, kost tijd en geld, maar een inbraak is nog veel kostbaarder.

Deze misdrijven worden voornamelijk, maar niet uitsluitend, gepleegd door Oost-Europese mannen. Er zijn ook typisch vrouwelijke varianten, bijvoorbeeld een vorm van winkeldiefstal waarbij de vrouwen gebruikmaken van hun traditionele lange rokken. Die hebben namelijk een groot 'praktisch' voordeel: ze hebben verschillende lagen, die van buiten niet te zien zijn. Perfect om buit in te verstoppen. Regelmatig wordt zo voor meerderde honderden euro's aan sigaretten uit een winkel ontvreemd. Buiten wachten dan de mannen in een vluchtauto.

Weer een andere bedriegerstruc klinkt alsof hij uit een gangsterfilm uit de jaren zestig afkomstig is, maar hij blijft actueel.

Ik heb al een paar keer meegemaakt dat ik voor een melding naar een parkeerterrein langs de snelweg moest omdat daar goederen werden aangeboden. Over het algemeen gaat het dan om goedkope sieraden, die er op het eerste gezicht veel duurder uitzien, al snap ik eerlijk gezegd niet dat die bedriegers daar zoveel succes mee hebben. Hoe naïef moet je zijn als je in deze tijd nog in dit soort zaken trapt en serieus denkt dat je zo een goede deal maakt?

Gelukkig bellen sommige burgers de politie als ze iets verdachts zien, en zo ging het ook deze keer. Toen ik arriveerde, ontkenden de daders, die al in het hele land voor de rechtbank hadden gestaan vanwege oplichterij, zoals altijd alles. Bij het fouilleren en het doorzoeken van de auto kon ik niets vinden, zoals zo vaak, en de beschreven sieraden bleven onvindbaar. De getuige verzekerde me dat hij ze niet uit het oog had verloren en dat ze nog ergens moesten zijn.

Er begon me al iets te dagen. In zulke situaties is er namelijk nog een plekje waar sieraden verstopt kunnen worden. De daders hadden in hun auto genoeg tijd gehad ongezien dat ongebruikelijke plekje te benutten, namelijk in de geslachtsdelen van de vrouwen of in de anus van de mannen en/of vrouwen. Dat klinkt als een slechte grap, maar het is de bittere realiteit. Omdat het maar om een gering misdrijf ging, mocht er op grond van het evenredigheidsbeginsel geen onderzoek van lichaamsopeningen plaatsvinden. De hele zaak liep dus op niets uit.

De Oost-Europese vrouwen hebben, in hun omgang met de politie en dan vooral mannelijke agenten, nog een bijzondere specialiteit. Wanneer ze ongeboeid in een politieauto worden vervoerd, op het bureau in de cel zitten of naar het toilet mogen, halen ze hun vinger langs hun vagina, om zo wat vaginaal vocht aan hun vingers te krijgen. Dat vegen ze dan vervolgens af aan de kleding van een agent, zo snel en zo onverwachts dat deze vaak niet in de gaten heeft wat er gebeurt.

Dit gebeurt meestal als er bij het fouilleren van de vrouw geen gevaarlijke voorwerpen zijn gevonden en vervolgens in haar bijzijn de formaliteiten worden afgehandeld. Het lijkt dus vrij onschuldig als de vrouw dichtbij komt. Misschien wil ze iets vragen. Een agent kan er niets tegen doen dat zo'n vrouw hem beetpakt, want hij mag en wil geen geweld gebruiken tegen iemand die geen wapens bij zich heeft en die zich rustig gedraagt. Hij kan haar hooguit terugduwen in haar stoel, maar dan is het leed al geschied.

De afloop laat zich raden. De vrouw beschuldigt de agent van ongewenste intimiteiten. Als ze dat overtuigend doet en als de agent alleen met haar in de kamer was, zonder getuigen, dan kunnen de collega's van de recherche niets anders doen dan een onderzoek in te stellen. Als dan vaginaal vocht van de vrouw op de agent wordt aangetroffen, zijn de rapen gaar. Ondertussen is deze truc bekend in politiekringen en wordt er rekening mee gehouden wanneer deze vrouwen worden gearresteerd. Ik vind het telkens weer ongelofelijk waar sommige mensen toe in staat zijn, ook al zijn die vuistdikke dossiers niet vanzelf ontstaan.

Technisch gezien zijn de Oost-Europese bendes ook heel geavanceerd en de politie ver vooruit. Geldautomaten skimmen is een bekend probleem. Sinds kort weten we dat hier ook een variant van bestaat waarmee de criminelen bij rekeninggegevens kunnen komen. De politie heeft deze variant ontdekt nadat er in een winkel was ingebroken en er vreemd genoeg niets was gestolen, hoewel de inbraak pas laat werd ontdekt. Waren de daders misschien betrapt en hadden ze het pand daarom zonder buit moeten verlaten?

Nee. Ze waren helemaal niet van plan iets mee te nemen. Het enige doel was het omwisselen van de pinautomaat. De dieven konden met hun eigen, gemanipuleerde apparaat bij de betalingsgegevens van de klanten komen en zo hun rekeningen plunderen. Talloze mensen werden hierdoor gedupeerd, en helaas ook meerdere bedrijven.

Oudere mensen zijn een geliefd slachtoffer van deze criminelen. Ze kunnen zich vaak niet voldoende verweren, omdat ze door hun leeftijd daar lichamelijk of geestelijk niet meer toe in staat zijn, of omdat ze naïef, goedgelovig en veel te goed van vertrouwen zijn.

De criminelen gaan hierbij op verschillende manieren te werk. Vaak dringen ze met een smoes binnen in de woning en doorzoeken deze dan vervolgens in het bijzijn van het slachtoffer op kostbaarheden. Een van de trucs die hierbij wordt toegepast is de tapijttruc, waarbij een of meerdere personen aanbellen omdat ze goedkope kleedjes in de aanbieding hebben. Om te zien of het kleedje mooi past, bieden ze aan het meteen even in de woonkamer uit te proberen.

Sommige criminelen doen zich voor als loodgieter of elektricien die ergens een leiding moet controleren omdat er zogenaamd een storing is.

Een andere truc is de zogenaamde kleinkindtruck. Bij deze truc wordt er meestal telefonisch contact gezocht met het slachtoffer. De dader doet zich voor als een kleinkind of ander familielid, dat dringend geld nodig heeft. Het goedgelovige slachtoffer wil helpen en heeft zelden in de gaten dat het hier om een bedrieger gaat, niet om een familielid. Om ervoor te zorgen dat de hele zwendel niet aan het licht komt, komt een onbekende vervolgens het geld ophalen, zogenaamd omdat het familielid niet kan komen. De brutaliteit van deze types is echt onvoorstelbaar en deze truc is verbazingwekkend vaak succesvol.

Helaas groeien de kinderen van deze criminelen op in een omgeving waarin crimineel gedrag tot het dagelijks leven behoort en normaal wordt gevonden. Ze groeien op voor galg en rad: ze leren liegen, bedriegen en stelen.

De volwassenen opereren op de achtergrond en sturen de kinderen alleen op pad. Als ze worden gesnapt, zijn ze tot veertien jaar niet strafbaar. Maar ze worden zelden gesnapt. De meeste Duitsers beschouwen deze kinderen niet als bedreiging en hebben geen flauw idee van waar ze toe in staat zijn. Ze hebben meestal alleen medelijden en willen graag geloven dat het alleen maar onschuldige kindertjes zijn die hulp nodig hebben. In werkelijkheid is een groot aantal van deze kinderen al op jonge leeftijd even professioneel als de volwassen criminelen.

Ik heb meerdere van deze jonge boeven gezien, van verschillende leeftijden, en heb zelf kunnen ervaren dat hun gedrag, vooral tegenover de politie, niet bepaald kinderachtig is, sterker nog, niet heel anders dan het gedrag van een volwassen recidivist. In elk opzicht overigens: wat betreft gebaren en gezichtsuitdrukking, blik en lichaamshouding, maar ook in hun reactie als ik ze met hun daden confronteerde. Wanneer je ze daarop aansprak en ze zich betrapt wisten, dan kon je zien hoe hun masker afviel en hun gekwelde, medelijden opwekkende en onschuldige gezicht binnen een paar tellen omsloeg in een minachtende en woedende blik. Je moet het hebben gezien om het te geloven.

Een 'boefje' van een jaar of zeven of acht kwam 's middags naar een leeg café om zijn moeder te zoeken. De oudere uitbaatster vertelde ons later dat het jongentje maar een paar woorden leek te kennen. Ze was bezorgd, wilde hem helpen en liet hem aan de bar zitten om met hem te praten. Hij wilde wat drinken en legde een bankbiljet op de bar. Zoals te verwachten, moest de kroegbazin haar portemonnee halen om te kunnen wisselen. Op een onbewaakt moment griste het jongetje ongezien de portemonnee weg en maakte zich uit de voeten. De kroegbazin vond het vreemd dat hij zo snel was vertrokken en liep naar buiten, maar de jongen leek van de aardbodem verdwenen.

Verbaasd liep ze weer naar binnen en merkte toen dat haar portemonnee was gestolen. De schellen vielen haar van de ogen. Ze snapte niets meer van de wereld, want ze had alleen willen helpen. Ze had nooit van haar leven kunnen denken dat een kind zoiets kon doen. De teleurstelling en ellende waren van haar gezicht te lezen, en dat alleen maar vanwege het gedrag van het kind, niet eens vanwege de diefstal.

Maar wat zou er zijn gebeurd als de politie het kind gearresteerd had? Normaal gesproken het volgende: we brengen het kind naar het bureau en doen de administratieve kant van de zaak. Omdat deze kinderen meestal nog geen vijftien zijn, werkelijk of volgens valse opgave, bijvoorbeeld door een vervalste pas, mogen we ze niet strafrechtelijk vervolgen. Het opstellen van de aanklacht en andere papieren is dan een formaliteit, voor het grijze archief. In overleg met jeugdzorg worden de kinderen naar een open jeugdopvang gebracht, waar ze nog geen vijf minuten blijven. Dat weten wij als agenten, dat weten de maatschappelijk werkers van de opvang, en de kinderen weten het natuurlijk ook.

Zodra de politie bij de jeugdopvang is vertrokken, wachten de kinderen even, gaan naar de wc of eten nog wat. En dan verdwijnen ze. De begeleiders mogen de kinderen niet met geweld vasthouden. Het is een farce. Verspilling van tijd en personeel voor iedereen, waar bovendien niemand mee geholpen is.

Toen ik voor het eerst met deze kinderen werd geconfronteerd, was ik geschrokken en onthutst. Ook ik had aanvankelijk medelijden, maar dat verdween snel. Want hoewel ze er niets aan kunnen doen, zijn het gewoon veelplegers die elke gelegenheid aangrijpen om iets te stelen. Het is vreselijk treurig dat kinderen hiervoor worden misbruikt, maar toch moeten we tegen die kinderen optreden, en tegen hun opvoeders.

Het is moeilijk conclusies te trekken op basis van de culturele achtergrond van deze migranten uit Oost-Europa, moeilijker dan bij de criminele moslimmigranten. De uitzondering hierop wordt gevormd door de Sinti en de Roma, over wie ik het hierna wil hebben. Bij alle anderen zijn er in de eerste plaats vooral economische redenen voor het criminele gedrag.

Enerzijds ligt daar een uitdaging voor de politiek. Kijkend naar de Duitse geboortecijfers kunnen we niet zonder immigranten, maar tegelijk is ook duidelijk dat niet alleen gediplomeerde vaklieden afkomen op de mogelijkheden die Duitsland biedt. Neem bijvoorbeeld de economische situatie in Kosovo. Iedereen snapt dat er dan ook talloze economische migranten naar Duitsland komen, die veel lastiger te integreren zijn omdat ze hiernaartoe komen zonder uitzicht op een legale baan waarmee ze hun gezin kunnen onderhouden. In de EU-lidstaten Roemenië en Bulgarije ziet de situatie er niet veel beter uit. We hebben praktisch uitvoerbare wetten nodig, die integratie mogelijk kunnen maken. Maar momenteel lijkt het erop dat alle benoemde problemen op de koop toe worden genomen, om de 'grotere' politieke ideeën voor het voetlicht te brengen. Dat is het enige wat belangrijk lijkt.

Aan de andere kant moeten we in de dagelijkse praktijk de bestaande wetten wel uitvoeren. Rechtbanken en politie kunnen alleen maar hulpeloos toekijken hoe steeds dezelfde mazen in de wet door steeds dezelfde (en steeds meer) criminelen worden gebruikt. De vooroordelen en de machteloosheid onder de bevolking groeien hierdoor alleen maar en het lost de problemen niet op. Ik heb al beschreven dat de politie vaak met de rug tegen de muur staat. Voor de rechtbanken zie ik meer mogelijkheden om binnen de wet te kunnen handelen. Toch blijft het lastig. Op de politiek kunnen we helaas vaak lang wachten, dat blijkt wel uit de Duitse integratie- en immigratiepolitiek van de afgelopen jaren.

SINTI EN ROMA – OVERAL EN NERGENS

Dit is een extreem lastig probleem dat alleen maar groter is geworden sinds de toetreding van Roemenië en Bulgarije tot de EU in 2007. Het zou te ver gaan om alle Roma, ongeacht hun regionale herkomst, over één kam te scheren. In al hun landen van herkomst vormen ze een minderheid die zich overal op de meest uiteenlopende manieren heeft aangepast. Toch blijven sommige kenmerken overeind die ik wel als typisch zou willen omschrijven, voor zover ze me een oorzaak lijken voor de problemen die ook wij bij de politie telkens weer met ze hebben.

De familie staat centraal in de Romacultuur en vertoont wel enige overeenkomst met de Arabische clans. In het criminele milieu zijn dit soort families vaak concurrenten. Natuurlijk is niet elke grote familie crimineel. Maar bijna alle criminelen uit deze bevolkingsgroep zijn afkomstig uit grote families, waarbij de familie de basis vormt voor de macht die ze uitoefenen. Het schijnt dat deze sibben juist zo gevoelig zijn voor de criminaliteit omdat de familiebanden zo belangrijk zijn. Zelfs zware criminelen binnen de familie worden beschermd.

De cultuur van de Sinti en Roma kent eveneens vrederechters, vooral binnen de moslimfamilies. De traditie dat familiekwesties buiten de officiële rechtbanken om worden opgelost, wordt hier dus in ere gehouden. Dat daar veel meer onder valt dan bij ons en dat zo ook opvattingen in stand worden gehouden die tegen onze wetten in gaan, mag geen verbazing wekken voor wie dit boek tot hiertoe heeft gelezen.

De familie is bij de Roma nog groter doordat ook verre familie wordt meegerekend, zodat er honderden gezinnen onder kunnen vallen, wat de zaak voor buitenstaanders heel onoverzichtelijk maakt. Elke familie heeft een opperhoofd die de belangrijke besluiten neemt. Vrijwel zonder uitzondering zijn dit mannen. Het gaat hierbij dus om een overwegend patriarchale familiestructuur. Iemands geslacht en familierelaties bepalen in elk geval de positie en plaats, meer dan andere kenmerken. In elk geval meer dan tegenwoordig in Duitsland nog gebruikelijk is.

Familie is alles en daarna komt een hele tijd niets, zo zou je het heel kort kunnen samenvatten. Dat heeft natuurlijk zijn weerslag op het dagelijks leven: van hoe men met elkaar omgaat en werk tot hoe conflicten worden afgehandeld. Het verklaart ook de talloze misverstanden die telkens weer ontstaan tussen de twee culturen. Wij zien mededogenloosheid, onverantwoordelijk gedrag en mislukte gemeenschapszin, maar de andere partij kent die betekenis van die woorden vaak helemaal niet.

Veel Roma uit Oost-Europa komen met een man of twintig, dertig tegelijk aanzetten als een van hen in het ziekenhuis ligt. Families bieden elkaar kennelijk op grote schaal ondersteuning, iets waarvan veel mensen in het Westen alleen maar kunnen dromen. Maar voor het ziekenhuispersoneel en de andere patiënten is het een bezoeking.

Deze grote groepen vallen in negatieve zin op doordat ze luidruchtig zijn, weinig rekening houden met anderen en hardleers zijn. Omdat er meestal niet zoveel mensen in een ziekenhuiskamer passen, blijft de rest in de gang of andere openbare ruimtes van het ziekenhuis. Dat is voor het personeel en vooral voor de andere patiënten vervelend, want die laatsten hebben meestal rust nodig en zijn niet gebaat bij stress. En dat is precies wat die grote families veroorzaken. Vooral als hun familielid in levensgevaar verkeert, ontstaan er soms ongelofelijke taferelen. Mensen huilen, zijn opgewonden, proberen elkaar te troosten. Het lijkt wel een soort wedstrijd wie de meeste 'deelneming' kan tonen. Vaak ontstaan hierbij woordenwisselingen, die kunnen eindigen in vechtpartijen.

Misschien is het in sommige landen van herkomst normaal je zo in een ziekenhuis te gedragen. Men heeft er in elk geval geen enkel begrip voor dat dit gedrag niet passend of acceptabel is. Het ziekenhuispersoneel, dat vaak al zwaar overbelast is, zit flink in zijn maag met de ontstane toestand. Het maakt niet uit of ze deze groepen verzoeken rustig te blijven of het ziekenhuis te verlaten, het interesseert ze geen barst. Ze laten zich niets vertellen, negeren het personeel of gaan het zelfs te lijf. Dan moet de politie erbij komen om de orde te handhaven. Vaak zijn twee patrouillewagens dan niet voldoende.

Tot wij ter plekke zijn, laat de opgewonden groep zich door niets wegjagen. De familieleden protesteren dat het om hun verwant gaat en dat ze het recht hebben hem of haar te bezoeken. Wanneer men ze uitlegt waarom ze, afgezien van een handjevol directe familieleden, het ziekenhuis moeten verlaten, begint het gejammer pas echt. Hier is absoluut sprake van een conflictsituatie, die regelmatig uit de hand dreigt te lopen.

Na een melding konden we de rest van de groep, op drie personen na die toestemming hadden, na veel gedoe de deur uit werken. Daarbij probeerde ik aan een volwassen vrouw maar weer uit te leggen wat de bedoeling was. Terwijl ik met haar in gesprek was, kwam een ongeveer achtjarige jongen in een pak op ons af en begon tegen me te schreeuwen wat het probleem was. Het ging me niet alleen om de arrogante, zelfingenomen toon waarmee hij ons onderbrak, want dat ken ik nu wel: zelfs de kleinste kinderen leren al dat ze totaal geen respect hoeven te hebben voor de politie. Het ging me ook om de reactie van de vrouw, die boekdelen sprak. Ze zweeg en liet zich door het achtjarige knulletje met zijn jasje-dasje commanderen. Het knaapje had duidelijk meer te zeggen dan zij.

Als een kind van die leeftijd al zo met de politie omgaat, kunt u zelf bedenken hoe het zich zal gedragen als jongere of volwassene. De ervaring heeft me ook geleerd dat je met hoffelijke, rustige antwoorden niets bereikt bij deze kinderen. Dat zijn ze van huis uit niet gewend. Ik zette het ventje dus meteen op zijn nummer, dat spreekt voor zich. Hij keek me kwaad aan, overwoog wat hij zou doen en liep vervolgens vloekend weg.

Helaas is dit gedrag gemeengoed bij veel jongens uit Oost-Europa en het Midden-Oosten. Ook al hebben sommigen misschien nog geen veroordeling te pakken, ze zijn hard op weg er een te krijgen. Maar een enkeling blijft op het rechte pad. Nogmaals: die kinderen kunnen daar niets aan doen. Het is een kwestie van opvoeding, en daarom zijn alleen de ouders verantwoordelijk.

Ook de woonsituatie is vaak problematisch, vooral bij de grote families. We komen vaak over de vloer bij Sinti- en Romahuishoudens, omdat er zo vaak sprake is van crimineel gedrag. Dat is geen vooroordeel, maar gewoon een feit.

Voor een buitenstaander blijft het lastig te begrijpen hoe het mogelijk is dat die panden, eigenlijk meer sloppen, toch telkens weer zo'n desastreuze aanblik bieden. Deels komt het doordat ze overvol zitten, wat de situatie er natuurlijk niet beter op maakt, maar ook niet helemaal kan verklaren. Dat iemand zich prettig kan voelen in een vervallen huis, met kapotte deuren en ramen, is even slecht te begrijpen als de afvalbergen die zich daar altijd ophopen. Alsof die buiten de bewoners om ontstaan en het hun volstrekt niet kan schelen. Het kan niet alleen komen omdat deze mensen zich niets beters kunnen veroorloven. Veel van deze woning worden compleet uitgewoond, zonder rekening te houden met de kosten, en dat in een adembenemend tempo. Ook asielzoekerscentra kampen met dit probleem: soms worden ze min of meer gesloopt. Kennelijk hebben deze bewoners andere opvattingen over hoe je met de spullen van een ander omgaat, wat natuurlijk ook de aanvaringen met de wet verklaart.

Een typisch geval: drie Roma, een vader met twee zoons, de een nog een kind, de ander een puber, ontvreemdden koperkabel van een bouwplaats. Ze legden de kabel heel brutaal gewoon in hun auto, terwijl iedereen het kon zien, en reden ermee naar huis, alsof het de gewoonste zaak van de wereld was. Koperdiefstal is heel populair. De daders zoeken hun buit overdag uit en nemen die dan 's nachts mee.

Zo gingen de drie Roma ook te werk, al wachtten zij dan niet tot het donker was op de bouwplaats. Gelukkig was er een behulpzame getuige en daardoor konden we de kabel in de woning van het gezin terugvinden. Het was bepaald niet hun eerste diefstal.

De omgang met Romafamilies vormt daarnaast ook een enorm moreel probleem. Zowel in het verleden als nu heeft dit volk een hoop ellende meegemaakt. Met het cliché van een rondtrekkend volk heeft de realiteit niets te maken, want ze hebben allang een vaste woonplaats. Maar waar ze ook wonen, ze vormen een minderheid, die met hun culturele eigenaardigheden telkens weer aanstoot geeft. Van vervolging is in Duitsland geen sprake meer. Integendeel, er werd en wordt geprobeerd de fouten uit het verleden te herstellen en integratie te bevorderen. Toch blijven de beschreven problemen bestaan.

Een belangrijke oorzaak is ongetwijfeld dat er van de kant van de Roma weinig belangstelling is voor actieve integratie. De kinderen worden opgevoed binnen de familiekring, het contact met anderen wordt tot een minimum beperkt. Aan opleiding wordt totaal geen belang gehecht, met catastrofale gevolgen. De kinderen worden niet opgevoed met het idee dat naar school gaan nuttig kan zijn: een diploma of enige vorm van opleiding is totaal onbelangrijk. De kansen op de arbeidsmarkt van deze kinderen zijn navenant. Zo ontstaat een vicieuze cirkel, waardoor de kinderen vaak al jong in de criminaliteit terechtkomen. Helaas kan die cirkel niet doorbroken worden zolang elke vorm van medewerking wordt geweigerd.

Toch moeten we het gevoel van deze mensen dat ze worden benadeeld, serieus nemen. Dat gebeurt ook, al blijkt het vaak onterecht. Aan de andere kant maak ik beroepshalve ook regelmatig mee dat men doof is voor rationele argumenten. De 'opvoeding' is dan zo goed gelukt dat men alles in het werk stelt om het eigen wereldbeeld in stand te houden. Zelfs wanneer hun eigen leven een puinhoop is, reageren ze toch weer met agressie, leugens en ontkenning. Ook bij deze gevallen zullen we consequent moeten zijn om de integratie te laten lukken.

Haast nog meer dan bij alle andere probleemgroepen moeten we bij delinquente Roma proberen invloed te krijgen op de familie. De leerplicht moet worden nagekomen, en als de ouders zelfs na dreiging met of het opleggen van sancties niet willen meewerken, moet worden overwogen om de kinderen dan maar, voor hun eigen bescherming, bij de ouders weg te halen. En dan liefst zo snel mogelijk. Maar dat is een harde maatregel, die we liever vermijden. De kinderen gaan in dit geval echter boven alles. Culturele tradities mogen geen dekmantel worden voor crimineel gedrag.

Het voorstel van Kirsten Heisig om instellingen in te richten waar bedreigde kinderen en jongeren kunnen worden ondergebracht, vind ik dan ook de moeite van het overwegen waard. Daarmee worden overigens geen tehuizen of inrichtingen bedoeld, zoals we die een jaar of tien geleden nog hadden, maar instellingen waar pedagogisch geschoolde vakmensen zich intensief met deze kinderen kunnen bezighouden. Deels om ze de sociale vaardigheden bij te brengen die ze nooit hebben geleerd, deels om ze weg te houden bij de verlokkingen van de straat.

VLUCHTELINGEN – EEN BIJZONDERE KWESTIE

Volgens cijfers van Amnesty International waren er begin 2015 wereldwijd meer dan 50 miljoen mensen op de vlucht, een onvoorstelbaar groot aantal. Door allerlei conflicten voelen over het algemeen onschuldige burgers zich gedwongen hun dorpen of steden, en zelfs hun land te verlaten. De meesten van hen vinden onderdak in de buurlanden, maar een groot aantal vluchtelingen neemt zelfs de moeite naar Europa te komen.

Integratiekwesties liggen bij vluchtelingen nog ingewikkelder dan bij migranten. Deze mensen weten meestal niet hoelang ze hier zullen blijven, en de meesten willen natuurlijk terug naar hun eigen land, wat binnen onafzienbare tijd niet mogelijk is, afhankelijk van de reden voor hun vlucht.

De situatie wordt nog bemoeilijkt door de arbeidswetgeving. Omdat de duur van hun verblijf onbekend is, krijgen ze geen toestemming om te werken. Zelfs al zouden ze het kunnen en willen, ze mogen het niet, zolang niet bekend is wat hun verblijfsduur wordt. Dat maakt de situatie er voor veel vluchtelingen alleen maar erger op.

Het staat buiten kijf dat politieke vluchtelingen, mensen die op de vlucht zijn voor oorlog en geweld en die het slachtoffer zijn van vervolging, geholpen moeten worden. Tegelijkertijd moet er oog zijn voor de ontstane situatie en moeten ook de minder fraaie kanten worden benoemd, bijvoorbeeld wanneer vluchtelingen strafbare feiten plegen of asielzoekerscentra binnen de kortste keren volledig zijn uitgewoond. Kabels worden uit de muur getrokken of uitgehakt, sanitair bevuild, hele woonblokken onbewoonbaar gemaakt. Ook lichamelijke geweldsdelicten zijn helaas geen uitzondering, al valt dat nog te verklaren door de krappe woonomstandigheden, waarbij de meest uiteenlopende nationaliteiten naast elkaar leven.

In mijn wijk is geen vluchtelingenopvang, maar wel in de aangrenzende wijk en het komt vaak voor dat we onze collega's daar moeten helpen. We weten ook dat als er daar een melding is, er vaak bloed vloeit en we rekening moeten houden met zwaargewonden. We moeten vaak wapens of andere gevaarlijke voorwerpen, zoals messen, houten knuppels en dergelijke, in beslag nemen. De daders zijn vaak heel agressief, vooral als er alcohol in het spel is. Zo ging het ook bij een melding die we vorig jaar kregen.

Midden in de nacht was er een vechtpartij uitgebroken voor de huizen en containers van een vluchtelingenopvang onder de daar ondergebrachte Algerijnen. Er werden een aantal auto's op afgestuurd. Toen ik arriveerde, waren mijn collega's bezig de mensen te kalmeren, de gewonden te verzorgen en de daders te arresteren. Er was een opgewonden vrouw die nauwelijks verstaanbaar riep dat iemand was vermoord. Het bleek dat een aantal, kennelijk dronken, personen had gevochten en met dingen was gaan slaan. Waar het allemaal om begonnen was, bleef onduidelijk. Een van de Algerijnen was in elk geval zo zwaargewond dat hij niet meer aanspreekbaar was en naar het ziekenhuis moest worden gebracht. Op dat moment was de kans nog groot dat hij aan zijn zware hoofdverwondingen zou overlijden. Terwijl wij bezig waren, spuugden sommige Algerijnen voortdurend op de grond en vervloekten geïrriteerd de 'fucking police'. De ernst van de situatie was kennelijk nog niet tot ze doorgedrongen: we hadden hier te maken met een poging tot doodslag. Toen ik een van de geboeide mannen tot de orde riep, probeerde hij me, half in het Engels, half in het Duits, uit de tent te lokken. Hij wilde weten wat ik van hem moest en wat een 'bitch' zoals ik hem te vertellen had. De andere bewoners waren niet langer doelwit van zijn agressie, maar ik. Hij ging breeduit voor me staan, maar ik negeerde zijn woedende en agressieve blikken. De situatie werd pas minder gespannen toen mijn collega de opgewonden man wegduwde bij de patrouillewagen en daardoor onbedoeld zijn aandacht afleidde.

Misschien zegt u nu: er is toch niets gebeurd, wind je niet zo op. Daar heeft u gelijk in. Maar dat is maar één kant van het verhaal. De andere kant luidt dat, zoals al eerder in de door mij geschetste situaties, opnieuw de grenzen van het respect werden overschreden, de autoriteit van de politie werd ondermijnd en ik als vrouw in mijn waardigheid werd aangetast. Het mag geen verrassing heten dat dit gedrag niet alleen wrevel opwekt bij de politie, maar ook bij de gewone burger.

Het ergste is nog dat dit soort gedrag natuurlijk koren op de molen is van organisaties als Pegida en andere rechtse bewegingen die haat tegen alle soorten buitenlanders aanwakkeren. Het aantal aanvallen op asielzoekers of asielzoekerscentra is sinds 2014 verdriedubbeld, variërend van het roepen van opruiende leuzen en beledigingen tot gevallen van brandstichting of bomaanslagen op gebouwen en rechtstreekse aanvallen op personen. Het lijkt misschien om een klein aantal te gaan, 150 voorvallen, maar toch is het alarmerend te noemen.

Voor 2015 werden 300.000 tot 500.000 vluchtelingen verwacht in Duitsland, wat het onderwerp helemaal explosief maakt. Het onderwerp heeft misschien maar zijdelings te maken met de problematiek die ik in dit boek aankaart, en leidt te veel af van de beschreven problemen, maar we moeten het wel in ons achterhoofd houden. Het is ongetwijfeld indirect van invloed op het integratiedebat.

DE POLITIE – DE GRENS IS BEREIKT

Ik wil het nu hebben over mijn werkgevers, mijn collega's en mijn beroep en proberen te beschrijven hoe de situatie er voor mij als surveillant in het Ruhrgebied uitziet.

Ik wil proberen begrip te kweken voor de politie, omdat ik heb gemerkt dat veel burgers niet (meer) weten wat onze taak precies inhoudt. Het is moeilijk te omschrijven welk beeld het publiek heeft van de politie omdat het zo varieert: het omvat alles van nog altijd hoog aanzien tot onverholen verachting. Al met al moet ik constateren dat ons imago bij grote delen van het publiek de afgelopen jaren voelbaar is aangetast. Dat valt niet alleen mij op, na iets meer dan tien dienstjaren, maar ook oudere collega's bevestigen dit. Uit enquêtes blijkt echter dat het beroep van agent een van de beroepen is met het hoogste aanzien en een hoge mate van vertrouwen. De vraag blijft dus waarom er zo'n groot verschil is tussen de eigen waarneming en die van buitenaf.

Die afbreuk aan het imago heeft natuurlijk niet alleen te maken met televisiedetectives, soaps en bestsellerlijsten vol thrillers en detectiveverhalen, al geven die natuurlijk wel een verkeerd beeld. Als ik hier een paar dingen kan verduidelijken en recht kan zetten, zodat het beeld wat minder vertekend wordt, dan ben ik al heel blij. Want het is tegenwoordig heel moeilijk om aan een buitenstaander uit te leggen hoe onze werkdag eruitziet. Als ik met vrienden en bekenden over mijn werk praat, merk ik altijd dat ze geen flauw idee hebben van wat er zich werkelijk op straat afspeelt. Veel mensen zijn aangedaan, geschokt of verontwaardigd, en zeggen dat ik en mijn collega's veel opener en eerlijker moeten zijn over ons werk, zodat de mensen weten hoe het is. Toch dringt het niet echt tot ze door en ze verdringen het ook weer even snel.

Een voorbeeld.

In het voorjaar van 2014 was er op televisie een reportage over geweld en gebrek aan respect tegenover agenten. Mijn moeder bekeek die reportage, vooral omdat mijn brief erin werd genoemd. Na afloop van de uitzending belden we met elkaar. Mijn moeder was geschokt door en verontwaardigd over het gedrag van buitenlanders dat was getoond. Ze snapte niet dat mensen zo met politieagenten konden praten. En dat terwijl ik dacht dat mijn moeder na al mijn verhalen wel wist hoe het er op straat aan toegaat. Onze gesprekken zijn voor mij een soort uitlaatklep, die me helpen mijn belevenissen te verwerken. Hoe vaak heb ik haar al niet verteld wat ik allemaal meemaak? Hoe vaak heb ik haar het gebrek aan respect beschreven, vooral door delinquente personen met een migrantenachtergrond? Maar pas na het zien van deze reportage begreep ze het. Ze snapte pas hoe het zat nadat ze het met eigen ogen had gezien, al was het dan op televisie.

Het werk van de politie lijkt voor buitenstaanders soms onbegrijpelijk. Hoe wij ons als agenten gedragen, staat in sommige situaties zelfs misschien lijnrecht tegenover hoe burgers zouden reageren, bijvoorbeeld wanneer rechtsextremistische demonstranten politiebescherming (moeten) krijgen of wanneer omstanders niet weten wat de voorgeschiedenis is van een situatie. Zelfs bij de meest explosieve situaties is ons gedrag echter weloverwogen, en volgens de geldende wetgeving. Als we dat niet zouden doen, kunnen we juridische stappen verwachten. Misschien dat een beetje kennis van zaken over het werk van de politie al tot meer transparantie en vertrouwen leidt. Daarom zal ik hieronder beschrijven op welke grondslagen ons werk rust.

SCHEIDING VAN DE MACHTEN – DE POLITIE TUSSEN POLITIEK EN RECHTSPRAAK

Het is de taak van de politie de orde en de wetten te handhaven, zoals dat zo mooi heet. De politie moet de openbare veiligheid bewaren en garanderen, of herstellen, en strafrechtelijk optreden tegen overtredingen en misdrijven. Politieagenten zijn bemiddelaars van het Openbaar Ministerie, de instantie die zorgt voor de strafrechtelijke bemiddeling en vervolging. Binnen de wettelijk gestelde grenzen en rekening houdend met het evenredigheidsbeginsel mag de politie gebruikmaken van geweld, dat wil zeggen dwang, bij gevaar en strafvervolging. Daarin verschilt de politie van andere openbare instanties.

De politie is het uitvoerende geweld van de staat en behoort daarmee tot de uitvoerende macht, anders dan de rechterlijke macht (justitie) en de wetgevende macht (regering). Kort gezegd, de politiek maakt de wetten, de politie zorgt ervoor dat ze worden nageleefd en justitie veroordeelt de mensen die de wetten overtreden.

Dit stelsel van gescheiden machten vormt samen met de rechtsstaat en het naleven van mensenrechten de basis voor onze democratie. Dat democratische principe staat omschreven en is vastgelegd in de grondwet en vormt een onlosmakelijk onderdeel van de politieke cultuur in Duitsland. Het verdedigen van deze fundamentele principes behoort tot de taken van de politie.

Ik heb ergens anders in dit boek al artikel 1 van de Duitse Grondwet geciteerd, maar dan alleen de eerste zin: 'de menselijke waardigheid is onaantastbaar'. Hierop volgt echter nog een tweede zin, die voor mij als agent heel belangrijk is: 'Deze eerbiedigen en beschermen is de plicht van alle openbaar gezag.'

Dat dekt, in theorie, de essentie van mijn dagelijks werk. In de praktijk valt het leven natuurlijk niet in één zin te beschrijven. Dat werd me al duidelijk tijdens mijn eerste dag op straat, toen ik nog in opleiding was.

Ik ging voor het eerst op pad met mijn wijkteamchef, en ik zal nooit vergeten wat ik die dag allemaal heb meegemaakt. Een man die zijn huurwoning met een kettingzaag had bewerkt en de inventaris kort en klein had geslagen; een zoektocht naar een exhibitionist die we uiteindelijk dankzij buurtonderzoek konden arresteren; een vrachtauto die vanzelf was gaan rijden en in de richting van het spoor rolde; bendes buitenlandse mannen, die ik heel bedreigend vond overkomen. Eigenlijk een heel gewone dag voor een agent en tegenwoordig natuurlijk al lang niet meer zo indrukwekkend als toen op die eerste dag.

De theorie blijkt dus in de praktijk heel anders. Daarom wil ik meteen een aantal van de problemen noemen waar wij als agenten dagelijks mee te maken hebben.

De al beschreven problemen met delinquenten (met of zonder migrantenachtergrond) zijn op zich al erg genoeg. Vaak is onze aanwezigheid echter al voldoende aanleiding om ons aan te vallen, bijvoorbeeld tijdens routineklussen als verkeerscontroles, meldingen van ordeverstoringen, arrestaties, tijdens demonstraties of voetbalwedstrijden. Iedere agent maakt dat dagelijks mee, en de toename van het geweld is in onderzoeken bewezen. Er valt hier eigenlijk niets meer goed te praten, alleen de wetgevende macht vindt het kennelijk nog niet voldoende. Zelfs herhaalde oproepen om meer steun, bijvoorbeeld door de politievakbonden, hebben daar tot nu toe weinig verandering in gebracht. Ik hoop niet dat er eerst iets rampzaligs moet gebeuren voordat beloftes worden omgezet in daden.

Ook van justitie hoeven we steeds minder te verwachten. Dat komt voor een deel doordat de rechtbanken overbelast zijn: de processen duren veel te lang. Soms gaat er wel een jaar of meer overheen voordat het tot een veroordeling komt. Het personeelstekort speelt daarbij zeker een rol, maar kan de traagheid niet volledig verklaren. Juist bij eenvoudige zaken met een duidelijke bewijslast zou het proces snel moeten worden afgehandeld, zodat er een educatief of leereffect van uitgaat, want dat is eigenlijk de bedoeling van sancties. Met een lang proces schieten we dat doel voorbij. Als iemand na een eerste overtreding het idee krijgt dat zijn daden geen juridische gevolgen hebben, is de kans groot dat het niet bij die ene overtreding zal blijven.

Dit wordt nog versterkt doordat veel rechters hun juridische speelruimte niet optimaal benutten en telkens weer onbegrijpelijk lichte straffen uitdelen. Dat maakt geen goede indruk op de slachtoffers en de politie. Dat re-integratie in de maatschappij vooropstaat, is goed en vaak ook terecht, maar niemand is erbij gebaat als het ertoe leidt dat zelfs recidivisten niet veel meer te vrezen hebben dan wat taakstraffen.

De straffen hoeven van mij niet hard te zijn, maar wel effectief. Als we iemand in hechtenis nemen en de rechter besluit hem na een uurtje weer vrij te laten, kan dat korte gevangenisverblijf nooit een opvoedkundige werking hebben. De persoon in kwestie kan er zelfs mee te koop lopen dat hij kort in de cel heeft gezeten. Wettelijk gezien mogen we iemand tot aan het einde van de volgende dag vasthouden, maar ik heb nog nooit meegemaakt dat dit ook werkelijk gebeurde. We zouden veel vaker op tijd een signaal moeten afgeven dat mensen tot nadenken stemt en voorkomt dat ze weer van het rechte pad afdwalen.

Bij recidivisten en veelplegers is behalve de snelheid waarmee gestraft wordt ook de zwaarte van de straf van doorslaggevend belang voor de verdere misdaadcarrière. Tegenwoordig zijn er steeds meer voorbeelden te noemen van 'knuffeljustitie', waarbij de bescherming van de dader zwaarder lijkt te wegen dan bescherming van het slachtoffer, hoewel het omgekeerde natuurlijk het geval zou moeten zijn. Dat het geven van taakstraffen voor mislukte ontsnappingspogingen of verzet tegen de politie demotiverend werkt voor politieagenten mag duidelijk zijn.

Daar komen dan nog eens de deels onbegrijpelijke vonnissen bij, vooral de vonnissen die worden uitgesproken uit misplaatst respect voor culturele gewoonten. Meerdere rechtbanken hebben bijvoorbeeld al straffen uitgesproken die volgens mij moeilijk te verenigen zijn met onze democratische principes. Bijvoorbeeld dat een moslim een lagere straf krijgt voor een misdrijf dat hij tijdens de vasten heeft gepleegd, omdat hij daardoor verzwakt was en minder toerekeningsvatbaar. Of dat bij een verzoek om echtscheiding van een vrouw vanwege huiselijk geweld wordt verwezen naar een Korantekst, waaruit blijkt dat de man het recht heeft lijfstraffen te geven. Of als er na incest alleen een voorwaardelijke straf wordt gegeven omdat anders binnen de gemeenschap bekend zou worden dat het slachtoffer nu 'bezoedeld' is. Let wel, het slachtoffer, niet de dader. Het is niet alleen belachelijk zoiets te verkopen als bescherming van het slachtoffer, maar ook macaber. Misschien zijn het extreme situaties, maar het is wel gebeurd. Bij Duitse rechtbanken.

Wat betreft de demotiverende werking die ervan uitgaat, wegen deze vonnissen echter minder zwaar dan het feit dat mijn collega's langzamerhand het idee hebben gekregen dat agenten niet goed beschermd worden bij hun werk, juist bij interculturele conflicten. 'Veel mensen doen geen aangifte meer omdat ze hebben gemerkt dat het niets uithaalt,' zegt hierover Arnold Plickert. Er zijn zelfs verhalen bekend over chefs die aanraden om aangiftes vanwege belediging, verzet of letsel tegen mensen van buitenlandse afkomst maar te laten zitten, 'omdat het toch maar overlast geeft'.

Dat sluit aan bij de resultaten van een onderzoek in Noordrijn-Westfalen waaruit blijkt dat in 2011 de helft van alle agenten minimaal één keer te maken had met fysiek geweld; bij de oproerpolitie ligt dat percentage zelfs op meer dan 80 procent. Sindsdien is het aantal gevallen van fysiek geweld tegen agenten alleen maar gestegen, zoals blijkt uit de landelijke statistieken die hierover worden bijgehouden. Het angstaanjagende daaraan is vooral dat maar een paar van de verwonde collega's een aanklacht indienden vanwege letsel. Veel mensen doen dat liever niet, omdat ze bang zijn dat het toch niets oplevert en anderen doen geen aangifte omdat ze bang zijn dat ze daardoor zichzelf en hun gezin in gevaar brengen, ze weten maar al te goed dat deze klanten ook achter privéadressen kunnen komen. Hoewel privéadressen van agenten in operatieve dienst tegenwoordig geheim zijn, is deze maatregel maar beperkt succesvol.

Berusting, onder het mom van 'tegen wie geen aangifte is gedaan, heeft ook niets gedaan', is echter geen oplossing. Integendeel zelfs, want als wij crimineel gedrag al niet schriftelijk vastleggen, dan doet niemand het. Alleen zo kunnen we iets doen tegen belediging van een ambtenaar in functie of fysiek geweld tegen agenten. Vooral met beledigingen, die vaak de voorbode zijn van erger, wordt veel te nonchalant omgegaan. Alleen als rechters en openbare aanklagers zien wat er buiten op straat gebeurt, kan daarin iets veranderen. Daarom schrijf ik (nog altijd) processen-verbaal, hoe nutteloos dat ook mag lijken.

Een medewerker van justitie vertelde me dat veel rechters mild vonnissen uit angst hun reputatie te verliezen. Ze zouden bang zijn dat hun oordeel in twijfel wordt getrokken en door een hogere rechtbank wordt herroepen als het te hard uitvalt. Daarom nemen ze liever de eenvoudige dan de juiste weg.

Justitie vertoont telkens weer een zekere hulpeloosheid, ook bij heel alledaagse gevallen. Om hun hals uit de strop te houden gedragen veel daders zich voorbeeldig tegenover de rechter. In de rechtbank doen ze chic in het pak, met keurig geknipt haar en voorbeeldig gedrag alsof ze onschuldige lammetjes zijn. En die tactiek blijkt helaas nog te werken ook. Maar zelfs wanneer rechters en openbaar aanklagers hun spelletje doorzien en weten dat het gewoon een toneelstukje is, vonnissen ze toch vaak mild.

Lang niet alle verdachten gedragen zich als onschuldige lammetjes. Juist degenen die al vaker met justitie in aanraking zijn geweest, doen weinig moeite hun gebrek aan respect voor justitie te verbergen.

Misschien zou het een goed idee zijn als rechters wat meer ervaring opdeden met de wereld waarin hun klanten leven, vooral met de probleemwijken en de grote steden. Er zijn maar weinig rechters die kunnen terugvallen op een bijzonder grote persoonlijke ervaring met deze stadsdelen. Ondanks de hoge werkdruk zouden een paar dagen praktijkervaring per jaar of regelmatige gesprekken met agenten, met onderwijzers, met maatschappelijk werkers die daar werken tot een beter begrip, een duidelijker totaalbeeld en betere vonnissen kunnen leiden.

Ik had laatst een gesprek met een rechter over de integratieproblemen van bepaalde bevolkingsgroepen. Toen ik hem vertelde over mijn ervaringen op staat, antwoordde hij dat veel mensen met een migratieachtergrond hem evenmin accepteerden in de rechtbank. Hij beaamde het respectloze gedrag van bepaalde personen. Even was ik opgelucht dat hij het probleem kennelijk op dezelfde manier zag als ik, maar toen vroeg hij wat hij eraan moest doen. Wat híj eraan moest doen?

Ik zei dat als hij er niets tegen deed, niemand het zou

doen. Een pittige boete vanwege belediging en verstoring van de rechtsgang zou toch best effectief zijn? Als zelfs een rechter geen paal en perk durft te stellen aan deze delinquenten, wie kan ze dan wel een halt toeroepen? In feite niemand.

Lage straffen zijn vooral onverstandig als agenten of andere publieke ambtenaren het slachtoffer zijn. Veel rechters lijken het namelijk normaal te vinden dat agenten verbaal en lichamelijk worden aangevallen.

In de zomer van 2014 werd een collega uit mijn gemeente onder diensttijd neergeschoten toen hij reageerde op een melding van een vechtpartij. Onderweg naar de plek van het misdrijf zag mijn collega een geagiteerde man fietsen, die, toen hij de politie zag, meteen probeerde te vluchten. Hij werd kort daarop gearresteerd en omdat hij niet reageerde op het verzoek om te blijven staan, drukten ze hem uiteindelijk tegen de grond. Pas achteraf werd duidelijk dat de man, die Russisch bleek te zijn, helemaal niets te maken had met de vechtpartij, maar dat konden mijn collega's toen nog niet weten. Terwijl ze probeerden de man in bedwang te houden, loste hij plotseling een schot met een vuurwapen, dat hij in zijn zak had. De kogel trof een van mijn collega's in zijn been en verwondde hem levensgevaarlijk. Gelukkig overleefde hij het.

De schutter werd kort daarop echter weer vrijgelaten uit voorarrest, omdat de rechtbank in Bochum geen reden zag hem vast te houden. De rechtbank hield bij haar oordeel rekening met het feit dat de arrestatie vanuit zijn oogpunt bezien onterecht was geweest. Aan het commentaar van Arnold Plickert heb ik weinig toe te voegen: 'Als deze juridische tendens doorzet, worden Duitse agenten tot loslopend wild verklaard.' Eind maart 2015 werd de dader uiteindelijk toch gestraft. Acht jaar wegens poging tot moord.

Ik kan er weinig begrip voor opbrengen dat als er wordt geschoten, de schutter op de koop toe neemt dat er iemand wordt gedood, ook al is het dan geen doelbewuste moord. Dat het slachtoffer een agent is, doet er eigenlijk niet toe. Het hoeft ook niet altijd om moord of doodslag te gaan. We zien op straat ook vaak daders van andere misdrijven terug die we nog maar kort daarvoor hadden gearresteerd. Of het nou is vanwege overbelasting van de rechtbank of door te lage straffen, het is op den duur in elk geval wel frustrerend.

Ik heb ook al heel vaak meegemaakt dat een procesgang werd stopgezet omdat wij als agenten niet werden geloofd. Een keer vroeg een rechter me in de rechtbank herhaaldelijk of de bestuurder van een auto toch niet echt op zijn hoofd had zitten krabben, in plaats van zitten bellen, waardoor hij zijn rijbewijs was kwijtgeraakt omdat hij daardoor het maximaal aantal punten had staan. Waarom zouden wij processen-verbaal opmaken of een zaak aanspannen als wij iets niet honderd procent zeker weten? Waarom wordt er op een licht vonnis aangestuurd als de gegevens van de verkeerspolitie boekdelen spreken?

Dankzij mijn werk heb ik de afgelopen jaren van dichtbij meegemaakt hoe het er in de rechtbank aan toegaat. Dat het zo vaak misgaat, had ik niet kunnen denken voor ik bij de politie ging werken. Ik dacht dat we een goed functionerend rechtssysteem hadden. Maar het is een feit dat we in veel gevallen niet al te veel kunnen verwachten van de rechtspraak.

De politie doet aan preventie en probeert bijvoorbeeld de bevolking voor te lichten over de oorzaken en gevolgen van misdrijven. De statistieken worden regelmatig bijgehouden en openbaar gemaakt, in persconferenties en andere media-aandacht. De burger krijgt informatie over bescherming, bijvoorbeeld inbraakpreventie. Het is ook uitstekend dat de politie de sociale media heeft ontdekt. Maar hoeveel mensen bereiken we daar realistisch gezien mee? Als we de beschreven integratieproblemen de baas willen worden, is dat allemaal net zo ontoereikend als cursussen interculturele samenwerking of het benoemen van contactpersonen voor migranten bij de politie. Dat hebben we allemaal nodig, maar als de politiek en justitie niet meewerken, is het politiewerk straks niet meer uit te voeren. Ter illustratie wil ik het daarom nog een keer hebben over politiegeweld en geweld tegen de politie.

POLITIEGEWELD – GEWELD TEGEN AGENTEN

We kennen allemaal de spectaculaire beelden uit de media, bijvoorbeeld van de demonstraties tegen Stuttgart 21 of de omsingeling van de Blockupy-demonstranten in Frankfurt am Main. In mijn tijd bij de oproerpolitie heb ik dit soort situaties van dichtbij meegemaakt: ik heb meerdere transporten van nucleair afval begeleid en was aanwezig bij confrontaties met hooligans en motorbendes, bij de catastrofe rond de Loveparade in Duisburg en bij de demonstraties rond het station in Stuttgart. De ervaringen die ik daar heb opgedaan, zijn me ook nu nog van nut, natuurlijk vooral bij grote mensenmenigten, vooral bij spontane ‘groepsvorming’.

In de media worden bij voorkeur momentopnamen getoond, waarbij meerdere agenten ogenschijnlijk volledig overdreven en zonder enig gevoel voor verhoudingen tekeergaan tegen een enkele persoon. Wat daaraan vooraf is gegaan, krijgt niemand te zien, en als dat toch gebeurt, kan een gewone burger minder goed beoordelen hoe gevaarlijk iemand is. Ook de problemen rond mensen die ogenschijnlijk niets met de situatie te maken hebben, wordt vaak verkeerd weergegeven. Verhalen over onschuldige omstanders die werden aangevallen door agenten, omdat ze toevallig in de menigte aanwezig waren, neem ik altijd met een korreltje zout. Wanneer we te maken hebben met een menigte die strafbare feiten pleegt, wordt de niet-betrokken personen herhaaldelijk via luidsprekers de gelegenheid geboden weg te gaan. Mensen die buiten hun schuld in een dergelijke situatie verzeild zijn geraakt, kunnen dan bedenken of ze echt willen blijven of zich liever uit de voeten maken. Als ze dat na herhaaldelijke verzoeken niet doen, worden ze als medeplichtig beschouwd. Het is hun bewuste besluit, zo eenvoudig is dat. Zij, en de televisiekijkers, moeten dan niet verbaasd zijn als ze met dwangmaatregelen te maken krijgen.

Toch kan het gebeuren dat politieagenten die worden aangevallen, te fel reageren. Dat zal ik niet ontkennen.

Amnesty International komt in dit kader telkens weer met het verwijt dat agenten minder snel een aanklacht indienen tegen andere agenten dan tegen gewone burgers. Er zou een *code of silence* gelden bij de politie, dus een onderlinge afspraak om te zwijgen bij politiegeweld met als doel collega's te beschermen. Bovendien zou 90 procent van de agenten niet worden veroordeeld en zouden aanklachten snel worden ingetrokken omdat agenten eerder worden geloofd dan anderen; tenslotte worden ze vaak als getuige gehoord voor de rechtbank.

Die verwijten kan ik niet bevestigen. Dat samenwerken voor agenten van levensbelang kan zijn, staat buiten kijf, en ik vind het dan ook overdreven en overtrokken om daar een overdreven korpsgeest, gehoorzaamheidsplicht, machtsmisbruik, bendementaliteit of een 'muur van zwijgen' uit af te leiden. De eigen strafbare feiten in de doofpot stoppen is geen kinderachtige zaak, dat weet iedere agent. Het aantal aanklachten tegen agenten verschilt niet wezenlijk van het aantal aanklachten tegen gewone burgers. Mijn eigen ervaringen voor de rechtbank tot slot weerspreken het verwijt dat er een hiërarchie van geloofwaardigheid bestaat of dat rechters agenten bevoordelen of voortrekken.

Het invoeren van bodycams lijkt mij een goede manier om transparantie te creëren. Bodycams zijn camera's die beeld en geluid opnemen en die rond de schouders of het hoofd worden gedragen, en zo het blikveld van de agent die ze draagt vastleggen. Een bodycam zou ongetwijfeld helderheid kunnen geven over tegenstrijdige versies van een gebeurtenis. Een bodycam zou ook meer transparantie kunnen geven over het werk van de politie en zo het begrip bij de burger vergroten.

Een andere voorwaarde voor het voorkomen van politiegeweld is de individuele aanduiding van agenten bij een inzet, zodat afzonderlijke agenten beter herkend kunnen worden. In veel landen is dit al gebruikelijk, al weet ik niet wat de ervaringen daar zijn. Het is moeilijk te beoordelen of dit 'bedreigde' collega's zal tegenhouden. Wat mij betreft zou het al voldoende zijn als een groep onderling herkenningstekens heeft, zodat hun identiteit achteraf kan worden vastgesteld.

Natuurlijk is het probleem niet alleen met bodycams en individuele kentekens op te lossen. Er bestaat niet één simpele oplossing, omdat we telkens te maken hebben met individuele beslissingen en problemen rond de evenredigheid van bepaalde maatregelen. Het probleem zal dus altijd wel blijven bestaan.

Bij deze hele discussie mogen we overigens ook niet vergeten dat de mate van het politiegeweld in Duitsland naar verhouding tamelijk beperkt is. Veel immigranten weten dat uit eigen ervaring met de politie in hun land van herkomst, en bevestigen dat ook.

Maar ook wanneer de Duitse politie er in vergelijking met anderen goed afkomt, mogen we die vergelijking niet gebruiken om te doen alsof het probleem niet bestaat. We moeten de lat hoog leggen, maar er tegelijkertijd voor zorgen dat de politie de burger wel kan blijven beschermen. De politie moet constructieve kritiek en suggesties in elk geval altijd aanhoren en indien nodig oppakken.

Ik heb hier al het nodige gezegd over geweld tegen de politie, maar ik wil toch ook nog ingaan op een juridisch vraagstuk, omdat dit waarschijnlijk buiten politiekringen nauwelijks bekendheid geniet. Het gaat hierbij om artikel 113 van het Duitse Wetboek van Strafrecht, dat gaat over verzet tegen handhavingsambtenaren. Artikel 113 van het DWvS treedt in werking wanneer als gevolg van maatregelen verzet wordt gepleegd tegen agenten, hetzij door een fysieke aanval, hetzij door dreiging met geweld. Voorwaarde is wel dat de politieagent tijdens de aanval bezig is met het uitvoeren van een ambtshandeling. Daar zit hem dan ook het probleem. Als een agent bijvoorbeeld onderweg is om ergens patrouille te lopen en dan wordt aangevallen, is niet voldaan aan de voorwaarden van artikel 113, omdat de ambtenaar niet bezig was met een ambtshandeling. Juist deze situaties, waarbij de boel enorm escaleert, nemen de laatste jaren enorm in aantal toe, alsof de daders van deze maas in de wet af weten.

Ook de strafmaat van artikel 113 is helaas een lachertje. Een dader die bijvoorbeeld een ernstige vorm van diefstal begaat, door de voorruit van een personenauto in te slaan en het navigatiesysteem mee te nemen, wordt volgens artikel 243 van het DWvS bestraft met een minimumgevangenisstraf van drie maanden. Op verzet tegen een handhavingsambtenaar staat een boete, een paar uur taakstraf of een anti-agressietraining, als er al sprake is van bestraffing, al is tegenwoordig bij ernstige gevallen, bijvoorbeeld na het gebruik van een wapen, een gevangenisstraf van een half-jaar tot vijf jaar mogelijk. De politievakbond heeft in 2010 een wetswijziging ingediend. In die wijziging stond onder andere dat aanvallen op agenten strafbaar moeten worden, of die agent nu dienst heeft of niet, met een minimumgevangenisstraf van drie maanden. Maar er zijn vijf jaren verstreken en er is niets veranderd.

Alleen al in Noordrijn-Westfalen wordt elke vijftig minuten een agent aangevallen. Als het uniform een doelwit wordt, heeft dat serieuze gevolgen, zoals blauwe plekken en af en toe een gebroken bot. Veel van mijn collega's kunnen moeilijk slapen, eten slecht, hebben last van spanning en stress, en dat vaak gedurende lange periodes. Wie zijn botten laat breken voor de staat en de inwoners van die staat, mag meer bescherming verwachten van de wetten. Mensen mogen geen eigen rechter spelen, maar daar hoort ook bij dat mazen in de wet worden gesloten. De politiek moet een duidelijk signaal afgeven.

IN HET DAGELIJKS LEVEN – STEEDS MACHTELOZER

Tot slot wil ik nog de belangrijkste interne problemen benoemen, want sommige misstanden hebben we aan onszelf te danken. Dit betreft vooral werkdruk, personeelsverloop, vergrijzing en materiaal.

De werkdruk is bij de politie uiteraard heel hoog. Vooral tijdens surveillancediensten is het niet ongewoon dat we van een verkeersongeluk met een dood kind naar een bejaarde vrouw in de problemen rijden, daarna naar een vechtpartij, een inbraak, een dier in nood, een achtervolging, een brand, een burenruzie, enzovoort. Het kost heel veel energie om steeds weer te moeten omschakelen. Na alle enerverende gebeurtenissen van de ene melding moet je weer onbevangen naar de volgende, alsof dat de eerste van die dag is - om jezelf en je medeburgers niet in gevaar te brengen.

Steeds meer collega's hebben de indruk dat dit werk nauwelijks nog wordt gewaardeerd. In plaats daarvan komen steeds vaker burgers ons vertellen hoe we ons werk moeten doen. Je hebt voor dit vak een dikke huid nodig. Maar ook iemand in uniform kan niet alles zomaar van zich af laten glijden, we blijven tenslotte mensen. Ik kan daar heel eerlijk over zijn: mij gaan die dagelijkse woordenwisselingen, rechtvaardigingen, starheid en oneindige discussies niet in mijn kouwe kleren zitten. Ik ken ook genoeg collega's die doodop zijn van alle geweld waar ze steeds weer mee worden geconfronteerd, of dat nou verbaal of fysiek geweld is. Bloeduitstortingen, wonden en botbreuken zijn de zichtbare gevolgen, maar ook de mentale gevolgen mogen niet worden onderschat. Het aantal burn-outs, vervroegde pensioenen en vergelijkbare symptomen van voortdurende stress en overbelasting is in elk geval alarmerend te noemen.

Het onderwerp 'personeelsverloop' hangt daarmee natuurlijk nauw samen. In Noordrijn-Westfalen, en de meeste andere deelstaten, neemt het aantal agenten elk jaar af. Overuren worden gestapeld, vooral bij de oproerpolitie. Hoewel er officieel meer agenten zijn aangenomen, neemt ons aantal in feite af, want het aantal mensen dat met pensioen gaat, ligt hoger. Het grapje dat er 'meer grijs op straat' is, komt niet uit de lucht vallen. In politiek correcte kringen spreekt men van demografische veranderingen die ook bij de politie merkbaar zijn, en dat de babyboomers nu de pensioengerechtigde leeftijd hebben bereikt. Volgens sommige schattingen zal er bij de huidige instroom alleen al in Noordrijn-Westfalen een tekort zijn van bijna tweeduizend agenten. Ook in mijn gemeente worden steeds vaker diensten ingetrokken of aan andere bureaus gegeven.

Omdat de politie onder de verantwoordelijkheid van de deelstaat valt, moet elke staat zelf bepalen hoeveel agenten er worden aangenomen. Daarbij speelt geld waarschijnlijk een doorslaggevende rol. Omdat de meeste deelstaten schulden hebben, proberen ze allemaal geld uit te sparen. Ook bij de politie. De gevolgen liggen voor de hand: minder agenten leidt tot een lagere pakkans voor misdadigers. Dat begrijpt een kind. Als een steeds kleiner aantal patrouillewagens op een steeds groter aantal meldingen moet reageren, dan duurt het langer voordat ze allemaal zijn afgehandeld. De wachttijden worden ook langer, want alle meldingen worden gesorteerd op volgorde van prioriteit; een vechtpartij gaat bijvoorbeeld voor een verkeersopstopping, een ongeluk voor een verloren voorwerp, enzovoort. Ik kan me de machteloosheid van de burgers goed voorstellen, als ze na een uur wachten eindelijk een agent zien, maar ik kan er niets aan veranderen.

In een ander district maakte ik ooit mee dat we om kosten te besparen een tijdlang geen surveillancedienst mochten rijden. Ja, echt: we mochten alleen in de auto stappen als er een melding was en dan met zo min mogelijk omwegen rijden, om benzine te besparen. Het blauw op straat liep lekker zo.

Soms laten burgers wel eens merken dat ze met ons te doen hebben, als ze op het bureau komen. 'Zo kun je toch niet werken, het is hier zo vervallen en ouderwets,' zeggen ze dan. En dan is ons bureau bij lange na nog niet het slechtste. Kapotte stoelen, oude kasten en ramen die niet sluiten vormen geen uitzondering. Softwareproblemen achtervolgen ons soms maanden. De kleurenprinter is regelmatig defect, zodat we geen foto's kunnen afdrukken. Vaak kunnen we niet zo snel en effectief werken als we wel zouden willen, omdat er iets niet functioneert of ontbreekt.

Veel dingen worden provisorisch gerepareerd, waarschijnlijk om ergens anders te kunnen investeren. Vaak zijn die investeringen geen verbeteringen: de digitale radio, die zo geprezen werd, functioneert vaak slechter dan de analoge radio van veertig jaar geleden – een ingewikkelde bediening, slechte ontvangst en matig geluid.

Diverse bureaus en commissariaten werden al gesloten of zijn gefuseerd, om op personeelskosten te besparen. Vooral op het platteland moeten steeds meer dorpen terugvallen op commerciële bewakingsdiensten, omdat er niet voldoende politie is. Veel districten hebben nu al een personeelstekort en staat het water aan de lippen. Op den duur kan de veiligheid zo niet meer gewaarborgd worden; het verwijt dat de politie 'kapot wordt bezuinigd' heeft al meerdere keren geklonken.

Veel collega's zijn hun vertrouwen in de politiek kwijtgeraakt. Dat er terroristische aanslagen in Parijs en dreigementen door teruggekeerde Syriëgangers nodig waren voordat de uitrusting van de politie weer op de politieke agenda kwam, versterkt dat idee alleen maar meer. Natuurlijk is het positief dat er weer geld beschikbaar komt. Het is fijn dat in de deelstaat Noordrijn-Westfalen door de komst van 385 nieuwe collega's bij de terrorismebestrijding (politie en binnenlandse veiligheid) indirect ook andere afdelingen worden ontlast. Tot nu toe moesten die namelijk zoveel mogelijk van deze werkzaamheden opvangen. Maar of tot 2017 werkelijk alle 385 extra agenten worden aangesteld of niet, de twijfel aan de politiek blijft.

Wanneer ik het over personeel heb, moet ik het ook hebben over de rol van de vrouwelijke agenten, en wel op een manier die politiek correct denkende mensen niet zal bevallen. In principe vind ik het heerlijk dat er steeds meer vrouwen bij de politie komen. Maar bij fysiek geweld spreken kracht en vooral lengte een heel duidelijke taal, en daarbij zijn vrouwelijke agenten jammer genoeg in het nadeel.

Er zijn nog meer redenen waarom ik vind dat er inmiddels te veel vrouwen als agent werken, althans in Noordrijn-Westfalen, en in verhouding tot het totaal aantal medewerkers. Bij de surveillancedienst zijn er hierdoor problemen ontstaan die er een paar jaar geleden nog niet waren. Bij sommige afdelingen is het aantal vrouwen gestegen tot meer dan 40 procent, met als gevolg dat in meerdere surveillancewagens twee vrouwen zitten. De meeste delinquenten zijn echter mannen. Bij routineklussen als fouilleren loopt een vrouwelijke bezetting al gauw tegen problemen aan. Vrouwen mogen mannen namelijk niet zomaar fouilleren. Dan moet er een tweede auto bij worden geroepen, met minimaal één mannelijke collega. Als dat af en toe gebeurt, is dat niet zo'n ramp, maar als het regelmatig voorkomt, leidt het tot een verhoogd veiligheidsrisico, zwaardere werkdruk voor de collega's en langere wachttijden bij de volgende melding. Uit tactische en veiligheidsoverwegingen is het daarom nuttig geen team met alleen vrouwen, maar een gemengd team op pad te sturen.

Een ander delicaat punt zijn zwangere collega's en collega's met opgroeiende kinderen. Ze horen bij het personeel, worden dus in de planning meegenomen, maar zijn niet inzetbaar. De planning komt dus niet overeen met de werkelijkheid. Soms ontbreken er drie of vier collega's tegelijk, waardoor de druk op de rest van het personeel toeneemt. Wat mij betreft wordt het aandeel vrouwelijke collega's bij de surveillancedienst beperkt tot een derde, en ik sta niet alleen in die mening: veel van mijn collega's, en dan vooral de vrouwelijke, zijn het met me eens.

Ook collega's met een migrantenachtergrond vormen een verrijking voor de politie en zijn tegenwoordig niet meer weg te denken. Deze collega's maken ons werk op straat makkelijker omdat ze kunnen tolken en zo ter plekke allerlei problemen sneller, effectiever en makkelijker kunnen oplossen. Het komt ook wel voor dat ze gesprekken tussen beschuldigde personen afluisteren, omdat die niet beseffen dat de agent hun taal spreekt.

Als Griekse heb ik tijdens mijn werk nog nauwelijks gebruikgemaakt van mijn eigen taal. De meeste Grieken met wie ik te maken kreeg, spraken Duits. Slechts een enkele keer was mijn talenkennis nuttig, zoals bij het onderstaande voorbeeld, toen het in mijn voordeel was, en in het nadeel van een Griekse automobilist.

Een collega en ik reageerden op een melding waarbij iemand na een aanrijding met schade was doorgereden. We gingen naar de plaats van de aanrijding en vonden daar aanwijzingen voor de dader. Zo kwamen we achter de naam van de veroorzaker van de aanrijding. Het was een Griek en toen we bij hem aanbelden, deed zijn vrouw open. Hijzelf kwam er even later bij staan. Mijn collega voerde het woord en vertelde wat er aan de hand was. Voordat we ze informatie konden geven over hun rechten, vroeg de vrouw in het Grieks aan haar man: 'Heb je een auto aangereden?' De man antwoordde, ook in het Grieks: 'Ja, maar je houdt je mond.'

Ik had bijna medelijden met hen, maar ik moest die spontane opmerking natuurlijk wel opnemen in mijn proces-verbaal. Ik kan geen uitzondering maken voor landgenoten. Vlak daarna gaf hij officieel toe dat hij inderdaad het ongeluk had veroorzaakt.

Maar hoe nuttig de migrantenachtergrond van agenten ook kan zijn als het gaat om taal, cultuur en mentaliteit, er zitten ook grenzen aan. Het vormt in elk geval geen oplossing voor de beschreven problemen rond delinquenten met een migratieachtergrond, gewoon omdat deze collega's door dit volk net zomin worden geaccepteerd als andere agenten. Erger nog, ze worden uitgescholden voor verrader of racist. Soms worden zij en hun gezinnen zelfs bedreigd. Omdat veel van deze mensen mij voor een landgenote houden, kan ik dit uit eigen ervaring bevestigen.

Een buitenlanderquotum bij de politie vind ik daarom net zo zinloos als een vrouwenquotum. Als een Duitse kandidaat geschikter is dan een buitenlandse, moet de Duitser worden aangenomen. Het mag niet zo zijn dat een agent van buitenlandse afkomst wordt aangenomen omdat hij zo goed kan tolken. Dat mag geen service worden die de misdaadplegers uiteindelijk nog als vanzelfsprekend gaan beschouwen.

Verder moeten collega's met een migrantenachtergrond goed verdeeld worden over de districten en bureaus. Op een bureau in Noordrijn-Westfalen werkten een aantal collega's van Turkse afkomst, die regelmatig onderling Turks praatten, in het bijzijn van hun Duitse collega's. Dat leidde op den duur tot onrust, en het einde van het liedje was dat de collega's niet langer in hun moedertaal met elkaar mochten praten. Het is jammer dat het in dit geval zover kwam, maar ik heb alle begrip voor dat besluit. In het bijzijn van anderen een vreemde taal gebruiken getuigt van gebrek aan respect en is ongepast, vooral als het probleem meerdere keren is aangekaart.

De indruk zou kunnen ontstaan dat de politie bij de uitvoering van haar taken volledig tekortschiet. Dat is natuurlijk een verkeerde indruk. Maar in veel opzichten staat de politie wel steeds machtelozer, en die indruk is moeilijk weg te nemen. Op bepaalde gebieden zijn onze mogelijkheden uitgeput, meer kunnen we momenteel niet doen. We zouden er enorm mee geholpen zijn als de politiek en justitie meer zouden bijspringen. Verontwaardiging en lippendienst helpen ons niet veel verder.

In het laatste hoofdstuk zal ik de concrete voorstellen nog een keer samenvatten waarmee volgens mij niet alleen mij en mijn collega's gebaat zouden zijn, maar de hele maatschappij. In principe is het zo dat we de zachte aanpak van criminele personen met een migratieachtergrond moeten heroverwegen. Met aan de ene kant de ontwikkelingen op straat en aan de andere kant de personeelsproblemen en de problemen met de uitrusting hebben we de grens bereikt. We mogen niet langer de fout begaan dat we om financiële redenen lafheid herbenoemen als de-escalatiestrategie. In plaats daarvan kunnen we beter eerlijk zijn, tegen onszelf en tegenover de burger.

DE OPLOSSING – EEN OPROEP

Naar schatting heeft momenteel ongeveer 20 procent van de Duitse bevolking een migratieachtergrond, en van die groep bezit ongeveer 8 procent (6,5 miljoen mensen) niet de Duitse nationaliteit. Of u dat nou angstaanjagend vindt of niet, feit is dat Duitsland een migratieland is en vanwege de demografische ontwikkelingen ook in de toekomst afhankelijk zal zijn van immigratie. Dat roept de volgende vragen op: welke kant ontwikkelen we ons op? Hoe gaan we daarmee om? Wat kunnen alle betrokkenen er concreet aan doen?

Sommige mensen zijn bang voor islamisering van het Westen, voor buitenlanders en een grootschalige infiltratie van ons sociale stelsel, maar daarvoor ontbreekt elke statistische grond. Maar angst uit zich slechts zelden in harde cijfers, het gaat meestal om weinig tastbare gevoelens.

De politiek heeft nagelaten deze angsten weg te nemen. De meeste verzoeken die ik hierna zal doen, zijn daarom gericht aan de verantwoordelijke personen, vooral in de deelstaten, waar onderwijs en politie wettelijk zijn geregeld, maar ook landelijk. Eigenlijk kun je stellen dat de integratiepolitiek van de Bondsrepubliek de afgelopen tientallen jaren die naam niet verdiend heeft. Ook onder de bevolking leefde het onderwerp nauwelijks, vaak hoogstens alleen maar uit eenzijdig, economisch perspectief. Dat was en is te kortzichtig, en dat besef begint nu door te dringen. Het principe 'we hebben gastarbeiders hiernaartoe gehaald, maar er zijn mensen gekomen' klinkt tegenwoordig misschien wat overdreven, maar het klopt wel.

Het is nu niet mijn bedoeling op te sommen wat er allemaal fout is gegaan. We moeten ons op de toekomst richten. Sommige dingen zijn volgens mij al zo lang verkeerd gegaan, dat we die niet meer een-twee-drie recht kunnen trekken door te hopen dat de volgende generatie het oplost. Natuurlijk moeten we nog een hoop doen op het gebied van taalverwerving, opvoeding en onderwijs onder, bij en voor migranten. Maar bij delinquenten met een migratieachtergrond, en dan vooral de recidivisten en veelplegers, hebben we gewoon geen tijd meer om af te wachten. Dat hebben we al veel te lang gedaan.

We moeten nu puinruimen door middel van snelle processen, consequente vonnissen en tijdige preventie.

Een goed voorbeeld van geslaagde preventie zijn de projecten van het ministerie voor Binnenlandse en Gemeenschapszaken van de deelstaat Noordrijn-Westfalen (MIK NRW), te weten: 'Kurve kriegen' ('Aan de slag') tegen jeugdcriminaliteit en 'Wegweiser' ('Wegwijzer') tegen gewelddadig salafisme. Deze projecten moeten voorkomen dat jongeren afdrijven naar geweld en ze helpen uit het geweldsmilieu te stappen. Beide projecten vind ik een stap in de goede richting, maar we zijn er nog lang niet.

Als ik vraag om een consequente en harde lijn, dan is dat omdat ik ervan overtuigd ben dat we daarmee allemaal geholpen zijn. Het zit niet in de genen, het zijn het milieu en de rollen die ons worden opgedrongen, die we aanleren. Daarom ben ik ervan overtuigd dat sancties een belangrijk hulpmiddel kunnen zijn, omdat dit voor een groot deel van mijn publiek het enige is wat nog tot verandering kan leiden. Tot slot wil ik daarom nog een keer kort samenvatten waar volgens mij, vanuit dat standpunt bezien, het meeste moet worden gedaan.

Veel van wat ik vraag, klinkt enorm banaal, maar het is wel ontzettend belangrijk; dat is vaker zo met dingen die enorm waar zijn. Vaak moeten we gewoon beter *kijken* en *respect eisen*. De politiek moet daarbij vooroplopen, een kader afbakenen en voorwaarden scheppen. Ook moeten alle betrokkenen hun speelruimte beter gebruiken. Dat wil zeggen dat we allemaal ons steentje moeten bijdragen.

We moeten de problemen oplossen waar ze ontstaan. Zo eenvoudig is dat. Helaas ligt dat in de praktijk anders.

OPVOEDING – OUDERS TER VERANTWOORDING ROEPEN

De opvoeding is in eerste instantie de taak van de ouders, daarover hoeft geen twijfel te bestaan. Je zou het ook een privézaak kunnen noemen, iets wat niemand anders aangaat. Maar wanneer die opvoeding tot integratieproblemen of algemene maatschappelijke problemen leidt, heeft dat gevolgen voor de hele samenleving. Daarom moeten oplossingen al heel vroeg worden gezocht.

Wanneer kinderen bijvoorbeeld in een heel strikte hiërarchie opgroeien, die volledig vaststaat en waaraan niets veranderd kan worden, dan beïnvloedt dat hun wereldbeeld. Wanneer ze dan ook nog eens regelmatig te maken hebben met huiselijk geweld als strafmaatregel, en dat geweld tamelijk willekeurig lijkt te zijn, dan heeft dat ernstige gevolgen voor hoe die kinderen in de maatschappij komen te staan. Ze leren dan van jongs af aan dat geweld de oplossing is.

In een gezin leren kinderen hoe ze met gevoelens om moeten gaan. Hoe worden emoties ervaren? Is agressie normaal? Mogen ze zwakte tonen? De antwoorden op deze vragen zeggen veel over kinderen en jongvolwassenen. Ook hoe er met geld wordt omgegaan, is van invloed, meer dan veel mensen vermoeden. Hetzelfde geldt voor het belang dat er wordt gehecht aan orde, aan werk, aan discipline en vergelijkbare waarden. Die invloed begint al jong. Dat geldt ook voor vooroordelen, die ontstaan vaak ook al op jonge leeftijd. De invloed van het gezin is hierbij weliswaar niet onomkeerbaar, maar wanneer de neuzen eenmaal een bepaalde richting op staan, is het heel moeilijk ze nog een andere kant op te draaien. Vaak is het al te laat voor de kinderen de basisschool hebben afgerond. Van veel criminele carrières is het verloop dan al te voorspellen. Daarom is opvoeding zo belangrijk, en daarom speelt de cultuur zo'n grote rol.

Zelfstandig leren denken, het ontwikkelen van een eigen persoonlijkheid en het volgen van een opleiding zijn allemaal even belangrijk voor deelname aan de maatschappij in het algemeen en voor een geslaagde integratie in het bijzonder. Vertrouwen krijgen en respect tonen horen daar voor mij gewoon bij. Vertrouwen leren hebben en vertrouwd worden, zonder tegenprestatie, zijn van elementair belang voor de ontwikkeling van kinderen. Helaas is dat bij veel gezinnen en bevolkingsgroepen van ondergeschikt belang en vaak zelfs niet gewenst. Dat is althans de conclusie die je kunt trekken wanneer je het resultaat van sommige opvoedmethoden op straat tegenkomt. Familie, geloof, eer, met geweld afgedwongen respect en dergelijke nemen de plaats in van echte gevoelens. De familie staat boven de wet, alleen het geloof staat in theorie nog een treetje hoger. De behoefte om te integreren kan bij kinderen alleen ontstaan als die behoefte er in de omgeving ook is. Wanneer kinderen worden opgevoed met het idee dat ze de maatschappij niet nodig hebben, of dat ze zich daar beter van kunnen afzonderen, kan dat alleen maar rampzalige gevolgen hebben.

Daarom is het zo belangrijk dat we de rigide structuren van het patriarchaat met wortel en tak uitroeien! Ze zijn niet alleen ouderwets, maar leiden ook nog eens tot niets. Als ik vraag om een consequente lijn, dan bedoel ik daarmee niet de regels die een 'sterk' familiehoofd oplegt. Duidelijke regels zijn nodig, dat staat buiten kijf, maar dan wel binnen een open maatschappij. Dat lijkt tegenstrijdig, maar is een belangrijke stap in de juiste richting. Het wil ook niet zeggen dat vaders overbodig zijn. Integendeel, ze kunnen hun rol opnieuw vormgeven. Dat houdt geen verlies van eer en macht in, maar kan juist winst betekenen.

Wanneer kinderen door hun gedrag in negatieve zin opvallen, moeten al vroeg alarmbellen gaan rinkelen. Het kan niet zo zijn dat de delinquenten steeds jonger worden zonder dat dit gevolgen heeft. De dossiers van de meeste recidivisten en veelplegers zijn niet zo dik omdat ze zich telkens laten snappen, maar omdat ze al zo vroeg zijn begonnen. Vooral bij probleemgevallen die te voorspellen waren, omdat hun oudere broers al 'stamgasten' zijn op het bureau, en van wie te verwachten is dat de ouders ze niet onder controle hebben, moeten we vroeger ingrijpen.

We moeten kinderen beschermen tegen geweld - dat moet onze eerste prioriteit zijn. Als dat betekent dat we een kind moeten weghalen bij zijn gezin, dan moet dat maar, anders verliezen we alle geloofwaardigheid. Dat is niet koud en hard, maar consequent. Voorwaarde is wel dat het welzijn van het kind altijd vooropstaat.

Preventie zonder tegelijk druk uit te oefenen werkt vaak niet bij de bevolkingsgroepen waarom het hier gaat. Dat is een treurige waarheid waar ik dagelijks mee word geconfronteerd. Als sancties niet afschrikken omdat ze niet zwaar genoeg zijn, dan verliezen ze hun werking. Voor mij vormen sancties een onlosmakelijk onderdeel van preventie. Het gaat erom dat we perspectief bieden én grenzen stellen. Dat betekent ook dat we moeten investeren. In personeel, in instellingen en vooral ook in onderwijs.

ONDERWIJS – INTEGRATIE OP KINDERDAGVERBLIJF, SCHOOL EN WERK

Het onderwijs is juist voor migranten de grote kans die Duitsland ze te bieden heeft en de reden dat mensen in veel andere landen ons benijden (nog wel). Wie die kans niet benut, gooit zijn eigen glazen in.

Verplicht kleuteronderwijs en scholen die de hele dag opvang bieden, zouden een goede en vooral pragmatische oplossing kunnen zijn om meer onderwijs te bieden en tegelijk de jongens van de straat te houden.

De belangrijkste voorwaarde om deze onderwijskansen optimaal te benutten, is en blijft echter kennis van de landstaal. Dat is een essentieel onderdeel van een geslaagde integratie, want met een goede kennis van de landstaal wordt niet alleen school makkelijker, maar is het later ook eenvoudiger om een stageplek te vinden. Bindende taaltests zijn wat mij betreft heel nuttig, in elk geval bij het betreden van de schoolbanken.

Vooral voor migranten uit Oost- en Zuidoost-Europa is de relatie tussen taal, opleiding en een geslaagd, aangenaam leven allesbehalve vanzelfsprekend, in elk geval bij de economische migranten. Vaak hebben zij in hun land van herkomst niet geleerd dat diploma's meestal leiden tot een hogere levensstandaard. Zij zijn hierdoor gevormd, vooral wanneer het veel voorkomt en niet alleen uitzonderingen betreft. Een paar positieve verhalen kunnen vaak wonderen doen om het gevoel van hopeloosheid te kenteren. Daarom moeten we met veel geduld en volharding de weg van het onderwijs bewandelen, zodat in elk geval de bereidheid toeneemt kinderen naar school te sturen. Dat laatste is meteen ook een argument voor verplicht kleuteronderwijs en langdurige opvang.

Het uitbreiden van de leerplicht vind ik heel belangrijk. Niet iedere schoolverlater wordt automatisch een crimineel, maar vrijwel iedere crimineel (en vooral bijna alle recidivisten) is of was een schoolverlater. Het verband kan niet worden ontkend.

Overigens moet het onderwijs zich niet beperken tot dingen die nuttig zijn voor een beroep. Vooral voor meisjes uit moslimgezinnen is het nuttig als ze op school bijvoorbeeld voorlichting krijgen over hun rechten, en dan vooral over de gelijke rechten van man en vrouw en de vrijheid van geloof. Ik heb het in dit kader al eerder gehad over mensenrechten als apart schoolvak.

Het is niet de bedoeling het probleem op de migranten af te wentelen onder het motto: 'Nu weten jullie hoe het zit, zoek het zelf maar uit.' We moeten hulp en steun bieden, en heel pragmatisch overleggen hoe we die hulp en steun kunnen bieden. De kinderen moeten onderwijs krijgen, maar buiten dat moeten we duidelijke signalen aan de ouders geven, bijvoorbeeld verplichte zwemles, een boerkiniverbod, met de niet mis te verstane boodschap dat iedereen die zich daar niets van aantrekt een boete kan verwachten.

Dergelijke maatregelen zijn aanzienlijk makkelijker uit te voeren als er meer bereidheid tot samenwerking zou bestaan tussen scholen, jeugdzorg, politie en justitie, ook als het gaat om naleving van de leerplicht en het terugdringen van jeugdcriminaliteit. Juist bij kinderen en jongeren met een dik politiedossier zou het heel nuttig kunnen zijn om informatie uit te wisselen, want de 'dubbele boekhouding' die nu bestaat, maakt effectief ingrijpen vaak onmogelijk. In dit geval, en dan bedoel ik jeugddelinquenten, zou privacy minder zwaar moeten wegen dan de noodzaak het kind te beschermen.

Los van de invloed die het heeft op individuele daders, zou het voor sommige scholen beslist een goed idee zijn als ze zich zouden richten op preventie, bijvoorbeeld door anti-agressietraining voor hele leerjaren, met aanwezigheidsplicht. Daar zouden niet alleen de leerlingen van profiteren, maar ook de school en de politie.

De strijd tegen de radicalisering van jongeren kan ook het best worden gevoerd door preventie en voorlichting, liefst zo vroeg mogelijk, in samenwerking tussen scholen, jeugdzorg en maatschappelijk werk én moskeeën. De politie kan hier natuurlijk ook behulpzaam bij zijn, omdat zij jongeren die gevaar lopen te radicaliseren waarschijnlijk eerder herkennen dan de andere organisaties. De praktijk laat zien dat het heel goed werkt de jongeren zelf actief te maken, bijvoorbeeld bij boksclubs of andere sportprojecten.

We moeten alle vormen van samenwerking gebruiken als dat de integratie bevordert, maar dan moet men wel bereid zijn hier gebruik van te maken. Erop hopen is niet genoeg, een beetje afdwingen mag best. Als we toestaan dat mensen in een slachtofferrol kruipen en die mensen ook weinig bereidheid tonen die slachtofferrol te verlaten, dan zijn hardere opvoed- en onderwijsmaatregelen gerechtvaardigd. Daarbij is in de eerste plaats een rol weggelegd voor de ouders. We hebben niet voor niets een leer*plicht*. Die moeten we afdwingen, zo nodig met sancties.

Opvoeding en onderwijs geven vooral resultaat op de middellange en lange termijn, en zijn onmisbaar voor een geslaagde integratie. Ze vormen echter geen oplossing voor de acute problemen. Op de korte termijn valt er geen winst mee te behalen. Hiervoor hebben we een snelwerkend medicijn nodig, dus snel uitvoerbare maatregelen en werktuigen om de ernstigste problemen te bestrijden. De zachte aanpak werkt daarbij niet meer.

ORIËNTATIE – DUIDELIJKE BELOFTES CONSEQUENT NAKOMEN

Bij veel, volgens mij al veel te veel, gevallen valt er al niets meer te redden met opvoeden en onderwijs. Bij die gevallen is de preventietrein allang vertrokken en helpt alleen nog de harde lijn. Wie zijn tweede (of derde) kans niet benut, moet de pijnlijke consequenties ervaren, anders is het een verloren zaak. Voor de betrokken persoon en voor de maatschappij.

De Duitse politie, niet alleen die van Noordrijn-Westfalen, heeft veel te lang ingezet op de-escalatie in plaats van aanpakken. Tot nu toe zijn de gevolgen nog te overzien, en veel van mijn collega's, die hebben gereageerd op mijn lezersbrief, zien dat precies zo. Dat de gevolgen van die de-escalatiestrategie nog te overzien zijn, zou op zich nog als positief kunnen worden opgevat, ware het niet dat er al een tijdlang een soort tegenbeweging in gang is gezet, die het rechtstreekse resultaat van deze de-escalatie is. Het gerucht heeft zich verspreid dat je weinig hoeft te vrezen als je je 'correct' gedraagt. Dat betekent bijvoorbeeld dat je 'de racismekaart' speelt. Mijn collega's en ik horen dat dagelijks, we kunnen er haast de klok op gelijkzetten: 'U pikt mij er alleen uit omdat ik een buitenlander ben... omdat ik zwart ben... omdat ik eruitzie als een Arabier.' De suggestie dat er racisme in het spel is, mag niet worden onderschat en mist haar uitwerking niet. Anders zou het ook niet zo'n alledaags fenomeen zijn geworden. Of we nu aan het surveilleren zijn in de binnenstad, controles uitvoeren op de snelweg of waar dan ook, de racismetroef wordt snel uitgespeeld en de politie wordt soms al uitgescholden voor we de kans hebben gehad te antwoorden.

Ik hoop dat binnenkort het gerucht dat we deze strategie doorzien zich even snel verspreidt. Het geniepige eraan is dat het verwijt van racisme een soort zelfvervullende voorspelling is, want als je je ertegen probeert te verdedigen, wordt dat meteen als 'bewijs' gebruikt. Het gevolg van dit spelletje is dat veel agenten het bijltje er gewoon maar bij neergooien.

Maar dat mag niet gebeuren! Als zelfs bij routineklussen (we hebben het hier tenslotte niet over gezochte misdadigers) de autoriteiten zo makkelijk buitenspel gezet kunnen worden, dan vind ik dat niet langer acceptabel. Enerzijds maken deze types de staat en de politie belachelijk, en anderzijds heeft het tot gevolg dat een groot aantal van mijn collega's hun werk niet meer kan en wil doen, omdat men niet langer de kracht en de moed heeft zich voortdurend te laten uitschelden en uitlachen.

Respect moet je verdienen en kun je niet zomaar aantrekken met een uniform. Respect wil ook niet zeggen dat mensen bang moeten zijn voor de politie. Maar gelet op de huidige ontwikkelingen vind ik toch dat het niet tonen van respect een overtreding zou moeten zijn. Zonder een dergelijke maatregel blijven we in een neerwaartse spiraal zitten.

En we hebben nog maar een paar omwentelingen van die spiraal gehad: wanneer we medelijden hebben met de daders, leidt dat alleen maar tot nieuwe slachtoffers. In plaats daarvan moeten we, zodra er overtredingen zijn geconstateerd, serieuze sancties opleggen, van gepaste boetes en kortingen op de uitkeringen tot gevangenisstraffen en het stopzetten van subsidies; alleen dan kunnen we het een halt toeroepen. Van afschrikwekkende maatregelen – tot aan uitzetting aan toe (waar dat juridisch mogelijk is) – kan een duidelijk signaal uitgaan, wat weer tot een verandering van gedrag kan leiden. Dat is de enige taal die nog wordt begrepen.

Geweld lokt geweld uit, dat is bekend. Dus waarom zouden hardere straffen helpen? Leidt dat niet tot nog meer escalaties? Nee, juist niet. Duidelijke regels, met afschrikkende straffen die ook werkelijk worden opgelegd, en liefst zo snel mogelijk na het begaan van de overtreding of het plegen van het misdrijf, zodat de straf zijn uitwerking heeft. Door snelrecht en zoveel mogelijk openheid is al binnen een paar dagen resultaat te boeken. Want om wie gaat het hier in de praktijk? Om een klein aantal recidivisten en veelplegers, die verantwoordelijk zijn voor het grootste deel van de gepleegde feiten.

We hebben al de mogelijkheid om harder in te grijpen: de wettelijke basis is er vaak al, alleen ontbreekt het nog aan bereidheid om de wetten consequent uit te voeren, zowel bij rechters als bij politici, maar deels ook bij de politie.

Politiewerk is heel rechtstreeks: van alle autoriteiten hebben wij vaak het eerste en meest directe contact met slachtoffers en daders. Dat vraagt om snelle beslissingen, snel handelen. Geen wonder dat veel agenten vertwijfeld raken over de langdurige juridische procesgang.

RECHTSPRAAK – EERLIJK EN NIET MINDER CONSEQUENT

Tussen het strafrechtelijk feit en het proces en het vonnis liggen vaak maanden of zelfs jaren; vooral voor jonge misdaadplegers is dat te lang. Vaak hebben die zo'n dik dossier dat ze echt niet meer weten wat ze allemaal misdaan hebben.

Een ander aspect is echter veel belangrijker: hoe langer justitie nodig heeft, hoe langer de slachtoffers moeten lijden. Ik zou daarom graag zien dat we het slachtoffer meer centraal stellen; het slachtoffer moet altijd het uitgangspunt zijn van ons werk. Vooral bij het uitdelen van straffen zijn we in Duitsland erg gericht op de dader. Daarom hebben we een veel snellere procesgang nodig, juist bij jonge misdaadplegers. Dat vereist meer personeel en dus moeten we ons afvragen welke kosten we liever maken. Wat is een beter functionerende maatschappij, waarin alle inwoners zich veilig voelen, ons werkelijk waard?

Als ik oproep om duidelijke vonnissen ook consequent uit te voeren en de speelruimte van bestaande wetten beter te benutten, dan wil dat niet zeggen dat ik me uitspreek voor een soort zerotolerancebeleid, zoals dat bijvoorbeeld in New York in de jaren negentig door burgemeester Giuliani werd bepleit, en zoals dat tegenwoordig in een aantal Aziatische metropolen wordt toegepast. Ondanks de deels indrukwekkende statistieken is het succes hiervan maar beperkt als je beseft dat veel misdaden niet verdwijnen, maar gewoon een paar kilometer verplaatst worden.

Toch zijn er gebieden waarbij ik wel voor zero tolerance wil pleiten, bijvoorbeeld als het gaat om parallelle rechtspraak. Dat kan gewoon niet, ik zie daar ook geen ruimte voor discussie of compromissen. Dat bestaande wetten worden ondermijnd, dat de rechtspraak wordt omzeild en daarmee ook de strafvervolging belachelijk wordt gemaakt, is niet iets waar we lichtzinnig over moeten zijn. Alleen al een poging hiertoe moet zwaar worden bestraft.

Dat zogenaamde vrederechters, of hoe ze zichzelf ook mogen noemen, proberen te doen alsof de familie alles is en de staat niets, toont aan dat we hier met een fundamenteel ander begrip van recht te maken hebben, een dat niet verenigbaar is met onze rechtsstaat. Eerbied en respect voor de familie klinkt misschien wel alsof het past bij onze christelijke waarden, en alsof het iets is wat we allemaal zouden moeten nastreven, maar eigenlijk voert het ons terug naar de middeleeuwen. Want in de praktijk heeft het niets te maken met knusse gezinnetjes, maar alles met het recht van de sterkste. En daar moeten we onze staat en onze maatschappij tegen beschermen.

Zolang we geen duidelijke vonnissen vellen en bestaande vonnissen niet consequent uitvoeren, moeten we ons niet verbazen dat mensen zich zo gedragen als het hun het best uitkomt. Snellere processen en een betere benutting van de wettelijke mogelijkheden zouden de politie de rugdekking kunnen geven die nu vaak ontbreekt van de kant van justitie. Daarvoor moeten de rechtbanken worden ontlast en minder ontvankelijk worden voor bedreigingen en chantage. Aan de andere kant helpen de beste wetten ons niets als we ze niet toepassen.

Als misplaatste consideratie met 'culturele verschillen' of 'religieuze achtergrond' tot vonnissen leidt die in gaan tegen de mensenrechten, dan zijn we volkomen verkeerd bezig. Dergelijke vonnissen zijn in Duitsland uitgesproken, zoals al eerder vermeld. Bij echtelijk geweld, bij misbruik van de eigen dochters, en bij eremoorden. Maar niet alleen bij die gevallen graven we met knuffeljustitie ons eigen graf. Maatschappelijk werk helpt ons dan geen stap verder.

UITRUSTING – KUNNEN OPTREDEN, NIET MET GEBONDEN HANDEN STAAN

Natuurlijk speelt ook geld een rol bij de politie, daar hoeven we niet geheimzinnig over te doen. Tegen het veelgehoorde 'we zouden graag meer willen doen, maar we kunnen het ons gewoon niet veroorloven', valt weinig in te brengen en het klinkt heel vaak als het gaat om materiaal. Een verkeerde koers komt vaak pas aan het licht als er een ramp dreigt. Vaak kunnen de betrokken instanties dan maar moeilijk geloven dat dat kon gebeuren, terwijl het allemaal vlak onder hun neus gebeurd is. Na de koortsachtige analyses van wat er voorafgaand aan de aanslagen in Parijs in 2015 allemaal verkeerd was gegaan, kwamen diverse onderzoeken tot de conclusie dat het vooral een kwestie van materiaal was en is. Noch de politie, noch maatschappelijk werk, noch de preventieve maatregelen die waren genomen, noch de bewakingsdiensten die iets hadden kunnen tegenhouden, hadden voldoende middelen of personeel. Precies datzelfde probleem speelt ook hier in Duitsland.

Noordrijn-Westfalen heeft na de aanslagen in Parijs en vanwege de bedreiging door teruggekeerde IS-strijders uit Syrië, besloten 385 extra agenten aan te trekken voor de politie en binnenlandse veiligheidsdienst (tot 2017, met een niet nader gedefinieerde overgangsfase). Het is niet mijn bedoeling de 'nieuwe bedreiging', die volgens minister van Binnenlandse Zaken Jäger tot dit besluit heeft geleid, in twijfel te trekken. Integendeel, ik vind het een reëel gevaar. Maar het mag niet zo zijn dat de hier door mij besproken problemen eerst tot een catastrofe moeten leiden voordat er iets aan wordt gedaan.

Als er een aanslag is gepleegd, eisen allerlei groepen dat de politie en het leger beter worden uitgerust. Aanslagen trekken immers de aandacht, net als Islamitische Staat. De gewone Duitse agent haalt zelden het nieuws, terwijl het daarbij om een veel groter aantal misdrijven gaat met veel meer slachtoffers.

Een gevoel van veiligheid krijg je niet alleen met meer agenten. Omgekeerd moet het er ook niet toe leiden dat we uit financiële overwegingen de politie verder inkrimpen. Kort gezegd: we hebben meer personeel nodig om de beschreven problemen de baas te worden.

Maar het gaat niet alleen om personeel: ook op technisch vlak moeten we bijblijven. De invoering van bodycams zou wat mij betreft heel nuttig zijn, omdat ze bewijsmateriaal kunnen leveren voor het gedrag van strafplegers, het gedrag van de politie transparanter kunnen maken en er een preventieve werking van uit kan gaan.

Ook bij de opslag van gegevens kunnen we niet gaan zitten wachten tot het misgaat. Als we gebruik zouden kunnen maken van in- en uitgaand telefoonverkeer en andere informatie (zoals land van herkomst) zou dat voor ons gerechtelijk onderzoek van groot nut kunnen zijn. We zouden zo ook misdrijven kunnen voorkomen. Natuurlijk moeten de rechten van de burger hierbij worden gewaarborgd. Veel mensen staan voor een goedkoop beltarief al meer privéinformatie af dan nodig zou zijn voor betere preventie en strafvervolging.

Juist als het gaat om het land van herkomst of de migratieachtergrond van delinquenten verzet de politiek zich tegen het vastleggen van die gegevens. Die weigerhouding is echter onbegrijpelijk, bezien in het licht van het bestaan van parallelle samenlevingen en vrederechters. Het zou niet alleen voor de statistiek maar ook voor het dagelijks politiewerk veel handiger zijn als zowel nationaliteit als land van herkomst werd vastgelegd.

Ik snap ook wel dat we niet gewoon wat geld kunnen drukken en dat alles dan goed komt. Waarom men echter blind is voor het aspect veiligheid als het gaat om integratie, kan ik absoluut niet begrijpen. De betrokken instanties verwachten echter heel bewust dat we ons maar zien te redden. Het is aan hard werk en een flinke portie mazzel te danken dat er in Duitsland nog niets ergers is gebeurd. De voortdurende hoge werkdruk en hopen op geluk bieden volgens mij echter geen succesvol model voor de toekomst.

BURGERMOED – TOEKIJKEN IN PLAATS VAN WEGKIJKEN

Helaas is het woord 'burgermoed' de afgelopen jaren in de publieke discussie vrijwel uitsluitend gebruikt in combinatie met de frase 'duur betaald', en niet alleen in de sensatiepers. Dat mensen die burgermoed toonden daarbij zwaargewond raakten of zelfs werden gedood, illustreert voor mij op wrange wijze de situatie op straat.

Intimidatie, bedreigingen en echt geweld zijn aan de orde van de dag. Dat werkt in de hand dat de maatschappij onverschillig lijkt te worden, dat mensen wegkijken als er iemand in nood is, verstarren van angst en hulpeloos worden, in de waarste zin van het woord. Het lijkt misschien een cliché, maar angst is een slechte raadgever. Daarom tot slot nog een oproep, die iedereen ter harte zou moeten nemen.

Help zwakken en hulpbehoevenden. Kijk niet weg als u een oudere hulpeloos langs de kant van de weg ziet staan. Vraag of alles in orde is en of u kunt helpen.

Kijk niet weg als een vrouw wordt lastiggevallen door een man. Kom tussenbeide of spreek andere mensen aan en vraag om hulp. Probeer wel het risico voor uzelf zoveel mogelijk te beperken. Lijkt het risico u te groot, bel dan de politie. Uw eigen veiligheid gaat altijd voor.

Sluit niet uw oren als iemand racistische opmerkingen maakt. Ga ertegenin, zonder vijandig te worden. Als u bang bent dat u daardoor zelf gevaar loopt, bel dan de politie, doe aangifte. Laat merken dat niet de hele maatschappij wegkijkt uit angst.

De paar minuten die dit kost, zijn geen verspilde moeite. Integendeel: u zorgt zo voor een betere en veiligere maatschappij, ook al is de weg nog lang. Als niemand ingrijpt, veroorloven de daders zich steeds meer, want ze hebben immers van niemand iets te vrezen. Dat mag niet gebeuren; zo geven we een volkomen verkeerd signaal af.

NAWOORD

Wie is er nu geïnteresseerd in de mening van een in Duitsland geboren Griekse, die bij de Duitse politie werkt? Dat heb ik me tijdens het schrijven ook meerdere malen afgevraagd. Anderen hebben ook al boeken over dit onderwerp geschreven, zonder dat daardoor veel veranderd is. En ook ik heb zo mijn twijfels of ik veel zal bereiken door op deze manier de publiciteit te zoeken. Ik hoop echter dat ik iets heb kunnen verduidelijken: vooroordelen helpen ons net zomin als vrijbrieven, generalisaties net zomin als vrijspraak of onze ogen sluiten voor de realiteit. Althans niet bij zo'n serieus probleem als dit. Een op de vijf inwoners van Duitsland heeft een migratieachtergrond, alleen al dat laat zien dat we hier niet te maken hebben met een kleine minderheid van probleemgevallen, maar dat het onze hele maatschappij aangaat.

In een open maatschappij heerst vrijheid van meningsuiting. Dat ik in dit boek mijn ideeën en mijn mening op schrift heb gezet, en daarbij geen blad voor de mond heb genomen, wil niet zeggen dat ik iemand de oorlog verklaar, dat ik aan blasfemie doe, iemand wil beledigen of stoten onder de gordel wil uitdelen. En ik maak me zeker niet schuldig aan racisme.

Mijn kritiek, mijn roep om hulp, mijn oproepen moeten in elk geval aanzetten tot nadenken. Daarnaast hoop ik dat er een discussie ontstaat, waaraan ik een constructieve bijdrage wilde en wil leveren. Maar hoe dol ik ook ben op discussies en debatten, ik hoop dat ik uiteindelijk een kleine bijdrage kan leveren aan daadwerkelijke verbeteringen; aan meer respect voor elkaar, niet alleen voor mezelf of de politie, maar binnen de maatschappij. Niet alleen op de 'dag van de politie' of tijdens de 'interculturele week' maar dag in dag uit, week in week uit.

Met een zachte aanpak bereiken we niets bij de problemen waarmee ik dagelijks te maken heb. Dat is helaas mijn ervaring, die ik in dit boek met u heb willen delen. Harde straffen zijn zeker niet altijd een oplossing, zeker niet als daardoor een tegenbeweging ontstaat die de zaak laat escaleren. We moeten dus bepalen waar we onze grenzen trekken, wat op de korte termijn oplossingen biedt en wat op de lange termijn van nut kan zijn. Daarbij zullen in de praktijk ongetwijfeld fouten worden gemaakt, maar het zou een nog veel grotere fout zijn om er dan maar helemaal niet aan te beginnen.

Ik besef maar al te goed dat ik met mijn opvattingen sommige lezers zal afschrikken en veel maatschappijromantici in de gordijnen zal jagen. Er zijn mensen die het meteen reactionair, neerbuigend, misschien zelfs arrogant of discriminerend vinden als je een duidelijke koers wilt varen. We willen altijd maar politiek correct blijven en vooral niets verkeerds zeggen. Helaas is dat een veelvoorkomend mentaliteitsprobleem. Wie het onderwerp nauwkeuriger bestudeert, moet concluderen dat de harde lijn, en dan vooral het geweld, eigenlijk van de andere kant komt. Met dat geweld moeten we de daders confronteren.

Een open vizier is me liever dan schijnheiligheid. Bij

belangrijke kwesties, bij ingrijpende besluiten die van fundamentele invloed zijn op onze samenleving, mogen we onze ogen niet sluiten voor de hier besproken problemen. We moeten ze bespreekbaar maken, telkens weer.

Tegelijkertijd mogen we niet vergeten wat we belangrijk en waardevol vinden voor een werkende samenleving, en moeten we bereid zijn daarvoor te vechten! Maatschappelijke participatie, solidariteit, acceptatie van culturele veelzijdigheid, eerbied voor de bestaande wetten, maatschappelijke rust, wegnemen van vooroordelen. Alleen dan kunnen we goed met elkaar samenleven, alleen zo is het leven de moeite waard.

Een paradijs op aarde stampen we niet zomaar uit de grond, misschien wel nooit. Toch moeten we het elke dag weer proberen, al klinkt dat misschien wat overdreven. Ik geloof echt niet dat we van de ene op andere dag wonderen kunnen verrichten. Een klein stapje is al genoeg, een grote stap kan geen kwaad. Misschien is de eerste stap wel de moeilijkste. Als agent weet ik uit ervaring dat veel mensen, of ze nu van geboorte of door immigratie Duits zijn, die eerste stap nog moeten zetten. Daarom richt ik me met mijn wensen en verzoeken, mijn voorstellen en mijn oproepen die ik in dit boek heb beschreven, vooral tot de 'respectweigeraars' die ik dagelijks ontmoet. Ik wil gerespecteerd worden als mens. Dat is voor mij de bodem waarop de veelbesproken tolerantie, begrip voor elkaar en wederzijdse acceptatie kunnen groeien.

DANKWOORD

Om te beginnen wil ik Piper Verlag, de uitgever Marcel Hartges en alle medewerkers bedanken die me op deze reis hebben vergezeld. Bedankt dat ik schrijfster kon worden en dit boek mocht schrijven.

De meeste dank gaat uit naar mijn redacteur Kristin Rotter. Lieve Kristin, ik dank je uit de grond van mijn hart. Als jij niet over mij had gelezen en op het idee was gekomen contact met me te zoeken, zou dit boek er nooit zijn gekomen. Ik heb onze samenwerking als heel vertrouwenwekkend en constructief ervaren. Op moeilijke plekken heb jij mijn gedachten en zinnen duidelijk gemaakt en verbeterd. Bedankt daarvoor! Verder wil ik ook Simone Seitz van de afdeling pr en marketing van de uitgeverij extra bedanken. Bedankt, lieve Simone, dat je alles zo goed hebt geregeld, contacten hebt gelegd en mij bij de publiciteit zo enorm hebt geholpen.

Verder wil ik Steffen Geier bedanken. Als coauteur heeft hij mijn ideeën juist geïnterpreteerd, mijn woorden op de juiste plekken gezet, een opzet geschreven en zo het boek van een rode draad voorzien. Dank je, Steffen, voor onze samenwerking, de gesprekken die we hebben gevoerd, en de tijd die je voor me hebt genomen. Zonder jou zou dit boek nooit zo leesbaar zijn geworden.

Verder moet ik in het bijzonder Arnold Plickert bedanken. Lieve Adi! Als jij niet op het idee was gekomen mij uit te nodigen voor de podiumdiscussie tijdens de bijeenkomst voor afgevaardigden van de politievakbond in Dortmund, zou mijn brief niet zijn opgepikt door de media en zou hij nooit de bureaus van het Piper Verlag hebben bereikt. Dank je voor de steun, voor de gesprekken en de antwoorden die je altijd paraat had.

Dit is ook de juiste plek om mijn collega's van de politievakbond te bedanken, die mij voortdurend met raad en daad hebben bijgestaan. Daarbij wil ik vooral Rüdiger Holecek uit Berlijn noemen, de hoofdredacteur van het tijdschrift *Deutsche Polizei*, waarin mijn brief werd gepubliceerd, en alle reacties erop. Daarnaast wil ik ook Michael Zielasko uit Berlijn, Stephan Hegger uit Düsseldorf en Holger Richter uit Bochum bedanken.

Het ministerie voor Binnenlandse en Gemeenschapszaken van de bondsstaat Noordrijn-Westfalen wil ik oprecht bedanken voor hun vriendelijke en behulpzame steun, in het bijzonder minister Ralf Jäger.

Mijn hoogste baas bij de politie in Bochum, Diana Ewert, komt ook grote dank toe. Als leidinggevende van mijn district heeft ze me voorbeeldig gesteund en is ze me trouw gebleven, wat niet vanzelfsprekend was. Haar steun is van grote waarde voor me geweest.

Dank ook aan mijn chef Martin Jansen voor zijn steun en de geboden hulp. Ook hij nam de tijd voor mijn verzoek. Zijn steun was zeer bemoedigend.

De grootste steun binnen Bochum was (en is) mijn directe baas Ulrich Grzella, die me intensief heeft begeleid sinds de publicatie van mijn brief en de beroering die daarop volgde. Beste mijnheer Grzella, bedankt voor de talloze gesprekken, uw nuttige adviezen en uw ongezouten mening. U was altijd bereid naar me te luisteren. U gaf me de moed de weg in te slaan die ik als de juiste weg beschouwde, en de juiste beslissingen te nemen op het juiste moment. U nam mijn angsten en zorgen weg (dat oude principe 'rustig blijven, olifantenpaadjes volgen' was een echte geruststelling). Dank u, uit de grond van mijn hart!

Mijn chef Judith Pavel ben ik dankbaar omdat ze me heeft geholpen met haar feitenkennis bij het schrijven van de teksten die zijn verschenen na de publicatie van mijn brandbrief in *Deutsche Polizei*. Ik zal ook de talloze gesprekken niet vergeten die ik met haar heb gevoerd tijdens het schrijven van dit boek.

Ik wil ook mijn collega's van de persdienst van Bochum bedanken, vooral het hoofd van de persdienst, Axel Pütter. Beste Axel, jij hebt me steeds gesteund. Niet alleen jouw jarenlange ervaring als collega-agent, maar ook die als schrijver van een eigen boek heeft me erg geholpen. Bedankt voor je adviezen en je begeleiding! Ook Guido Meng en Volker Schütte ben ik dankbaar voor hun adviezen.

Verder wil ik mijn eerste eenheid in Ratingen bedanken, waar ik het 'echte' politiewerk op straat heb geleerd. De collega's van deze eenheid, in het bijzonder mijn tutor Lars Golder en de toenmalige chef Frank Bauernfeind, hebben me geleerd wat teamwork, collegialiteit, menselijkheid en respectvolle omgang met de burger en elkaar betekenen. Deze eenheid heeft me gevormd en de weg voor me geëffend naar de politie. Bedankt!

Ik wil ook mijn ouders bedanken, vooral mijn moeder. Als zij de afgelopen jaren niet met zoveel geduld naar mijn verhalen (niet in de laatste plaats ook de negatieve) had geluisterd, zou ik waarschijnlijk allang ontslag hebben genomen. Als mijn persoonlijke 'psychotherapeute' gaf en geeft ze me kracht. Σ'ευχαριστώ μαμά! Ook mijn andere familieleden moet ik bedanken (mijn 'Γειααα'/'Nee, nee'), die me hebben bijgestaan en ondersteund.

Lieve Şükran. Ik dank je voor je vriendschap, die mijn leven op positieve wijze heeft verrijkt. Je bent mijn zus geworden, en het is mooi iemand zoals jij te hebben. Je Balıkkafa!

Regina en Ecki, ik bedank jullie dat jullie bij mijn familie horen. Wat jullie voor mij hebben gedaan, is te veel om op te noemen. Daarom gewoon mijn grote dank! Hoewel, één ding wil ik toch nog wel noemen: bedankt voor het Mopje!

Ik wil ook de burgers bedanken. Veel dank voor iedereen die mij heeft gesteund en in bescherming heeft genomen toen mensen mijn mening wilden verdraaien of ermee aan de haal wilden gaan. Het was prettig jullie positieve en ondersteunende woorden te lezen. Ook de bos bloemen vond ik prachtig.

Ook wil ik de samenstellers van de wisseltentoonstelling 'Immer bunter. Einwanderungsland Deutschland' [Steeds bonter. Immigratieland Duitsland] in het Museums Haus der Geschichte in Bonn bedanken. Op deze tentoonstelling, die ik in maart 2015 bezocht, was mijn brief te zien. Ik vond het een enorme eer om deel te mogen uitmaken van deze tentoonstelling.

Tot slot wil ik al mijn collega's bedanken. Uit Bochum, uit NRW, uit de andere bondsstaten, en buiten Duitsland. Ik had niet op zoveel positieve reacties gerekend. Ik had nooit durven dromen dat mijn brief zoveel weerklank zou vinden! Jullie hebben me met jullie gesprekken, e-mails en brieven gesteund, bijgestaan en de kracht en moed gegeven dit boek te schrijven. Daar wil ik jullie voor bedanken en ik hoop dat mijn boek ertoe zal bijdragen dat ons doel wordt bereikt: een vreedzaam en respectvolle samenwerking tussen politie en burgers, tussen Duitsers en niet-Duitsers, tussen alle mensen die in dit land wonen.

APPENDIX

MIJN BRIEF AAN DE LEZERS

(Verschenen in *Deutsche Polizei, Zeitschrift der Gewerkschaft der Polizei,* november 2013, blz. 2/3)

Ingezonden brief over 'Parallelle justitie in Duitsland'

Hoe ziet de toekomst er in Duitsland uit, als delinquente migranten (blijven) weigeren de regels van hun gast- of thuisland te accepteren? Ik werk als politiesurveillant in Bochum, ben in Duitsland geboren uit Griekse ouders, hier opgegroeid en na mijn examen bij de politie gegaan. Inmiddels heb ik er tien dienstjaren op zitten. Ik wil via deze brief mijn hart luchten, klare taal spreken en over mijn ervaringen vertellen. Ik wil het hier hebben over de delinquente migranten, en niet over al die anderen die, net als ik, Duitsland als hun vaderland beschouwen en een positieve bijdrage leveren aan onze maatschappij.

Zoals de meeste steden in het Ruhrgebied heeft ook Bochum een groot aantal migranten als inwoner, vooral in de binnenstad. Mijn collega's en ik worden dagelijks geconfronteerd met delinquente migranten, onder wie een groot aantal moslims (Turken, Arabieren, Libanezen, enz.) die geen greintje respect hebben voor de politie. Dat gebrek aan respect begint al bij de kinderen.

Op straat worden we dagelijks beledigd, bijvoorbeeld tijdens surveillancediensten. Het is vrijwel onmogelijk op normale toon een gesprek te voeren. Als vrouwelijke migrant heb ik meer problemen met de meeste migranten dan mijn Duitse collega's. Burgers met een buitenlandse afkomst zien me vaak als een van hen en dus als een verrader. Ze keuren me ofwel geen blik waardig of spreken me aan in hun eigen taal, meestal om daarmee een wit voetje te halen. Meerdere keren per dag krijg ik de vraag te horen: 'Bent u Turks?' Het maakt niet uit wat mijn nationaliteit is. Als agent moet ik respectvol en correct met de burger omgaan. Iets anders doet er niet toe.

Dat is voor mij lastig omdat ik elke dag weer een strijd moet voeren, en daarbij vaak mijn stem moet verheffen, om nog een beetje respect te krijgen. Pas als dat soort gevechten voorbij zijn en respectloos gedrag is verdwenen, is het (nu nog redelijk goede) aanzien van de politie en de reputatie van de politie behouden.

Veel van mijn collega's hebben geen energie meer voor die machtsspelletjes, die op elke hoek van de straat opnieuw worden gespeeld. De stress die de omgang met delinquente migranten me oplevert, neem ik vaak ook mee naar huis. Op den duur kan dat tot lichamelijk en geestelijke problemen leiden.

Om een voorbeeld te noemen: onlangs reageerde ik met een collega op een verzoek om hulp. De beller was een Turkse man. Toen hij ons zag, twee vrouwen, begon hij te schreeuwen en beval me op een haast hysterische toon dat ik moest komen. Toen ik daarop antwoordde dat ik ook weer weg kon rijden, zei hij dat ik dat maar moest doen. Ik meldde het gedrag van de man bij mijn leidinggevende. Ondertussen belde de man opnieuw en zei dat hij mannelijke agenten wilde. De leiding overlegde met ons en we waren het erover eens dat we er opnieuw naartoe zouden rijden. Als de man zich opnieuw zo opstelde, was het voor ons afgelopen. En dat gebeurde ook. Toen de man ons zag, begon hij weer te schreeuwen. Einde oefening. Luid en duidelijk.

Mijn Duitse vrienden en collega's zeggen vaak dat ze zich in hun eigen land niet meer thuis voelen. Dat kan ik me indenken, want als migrant voel ik me door het overschot van buitenlandse strafplegers in veel stadswijken ook niet meer veilig. Mijn Duitse collega's zijn bang voor hun mening over buitenlandse delinquenten uit te komen, omdat dan meteen het oude liedje over de nazi's weer begint. Ons land draagt vanwege ons afschuwelijke oorlogsverleden een zware last met zich mee. Maar dat is geen reden om delinquente buitenlanders hier in Duitsland dan maar alle vrijheid te gunnen.

We moeten naar de toekomst kijken. De huidige Duitse bevolking heeft even weinig schuld aan de door de nationaalsocialisten gepleegde moorden tijdens de Tweede Wereldoorlog als ik iets aan de crisis in Griekenland kan doen.

De politie staat steeds machtelozer. Individuele beambten kunnen wel hun mannetje staan, maar zonder rugdekking van de politiek of de rechtbanken raken ze steeds meer geïsoleerd.

De gebeurtenissen waar collega's of de media over berichten (een voorbeeld: een patrouillewagen in Berlijn rijdt langzaam en de inzittenden worden in elkaar geslagen) zijn haast niet te geloven. Het kan niet zo zijn dat wij als agenten nauwelijks meer rechten hebben en bang moeten zijn voor reacties, ook lichamelijk geweld, bij elke rechtmatige handeling die wij tegenover delinquente migranten plegen. Het kan niet zo zijn dat deze mensen, die de wetten negeren en een (illegale) parallelle maatschappij, die in veel opzichten op zichzelf staat, hebben gecreëerd, hier kunnen doen en laten wat ze willen, omdat ze geen banden hebben met de Duitse staat.

Waar zijn we aanbeland? Is het al zover dat de Duitse politie en de Duitse staat zich in negatieve zin moeten aanpassen en we onze democratische ideeën moeten opgeven of aanpassen in bepaalde situaties?

Een vriend van me was op vakantie in Australië. Daar leerde hij de uitdrukking *'love it or leave it'* kennen. Met andere woorden: als het je niet aanstaat, verdwijn dan maar. Volgens mij kun je dat alleen waarmaken als er serieuze sancties op staan (bijvoorbeeld gepaste boetes, korting op of inhouden van bijstand, gevangenisstraf). De 'zachte hand' brengt ons nergens, is mijn ervaring.

Als de hierboven genoemde sancties niet voldoende zijn, blijft er alleen uitzetting over. Want vrijwel niemand wil terug naar het land van herkomst. Daar zijn de levensomstandigheden slecht en niet te vergelijken met de situatie hier, waarbij de staat vaak steun verleent.

LITERATUUR

Hamed Abdel-Samad, *Der islamische Faschismus: Eine Analyse*, München 2014

Seyran Ateş, *Der Multikulti-Irrtum. Wie wir in Deutschland besser zusammenleben können*, Berlijn 2007

Güner Yasemin Balcı, *Arabboy. Eine Jugend in Deutschland oder Das kurze Leben des Rashid A.*, Frankfurt am Main 2008

Güner Yasemin Balcı, *ArabQueen oder Der Geschmack der Freiheit*, Frankfurt am Main 2010

Güner Yasemin Balcı, *Aliyahs Flucht oder Die gefährliche Reise in ein neues Leben*, Frankfurt am Main 2014

Ralf Bongartz, *Nutze deine Angst. Wie wir in Gewaltsituationen richtig reagieren*, Frankfurt am Main 2013

Heinz Buschkowsky, *Die andere Gesellschaft*, Berlijn 2014

Heinz Buschkowsky, *Neukölln ist überall*, Berlijn 2012

Kirsten Heisig, *Das Ende der Geduld. Konsequent gegen jugendliche Gewalttäter*, Freiburg 2010

Bernard Lewis, *Die Wut der arabischen Welt. Warum der jahrhundertelange Konflikt zwischen dem Islam und dem Westen weiter eskaliert*, Frankfurt am Main 2003

Andreas Müller, *Schluss mit der Sozialromantik! Ein Jugendrichter zieht Bilanz*, Freiburg 2013

Thilo Sarrazin, *Deutschland schafft sich ab. Wie wir unser Land aufs Spiel setzen*, München 2010

Joachim Wagner, *Richter ohne Gesetz. Islamische Paralleljustiz gefährdet unseren Rechtsstaat*, Berlijn 2011